我的河

My River

费一飞 著

长江出版传媒 长江文艺出版社

图书在版编目（ＣＩＰ）数据

我的河 / 费一飞著. -- 武汉：长江文艺出版社，
2020.10
ISBN 978-7-5702-1689-5

Ⅰ. ①我… Ⅱ. ①费… Ⅲ. ①诗集－中国—当代
Ⅳ. ①I227

中国版本图书馆CIP数据核字（2020）第125064号

责任编辑:谈　骁　　　　　　　　责任校对:毛　娟
装帧设计:书道闻香　　　　　　　责任印制:邱　莉　　王光兴

出版: 长江出版传媒　长江文艺出版社
地址:武汉市雄楚大街268号　　　　邮编:430070
发行:长江文艺出版社
http://www.cjlap.com
印刷:浙江海虹彩色印务有限公司

开本:710毫米×1000毫米　　1/16　　印张:17
版次:2020年10月第1版　　　2020年10月第1次印刷
行数:6318行

定价:56.00元

《我的河》序（序一）

◎ 骆寒超

读罢这部诗稿，忍不住想说一句：读了几十年新诗的我，心为之强烈震颤的不多，但也有，《我的河》是其中的一部。

如果说《我的河》中的"河"意示着生命之流，那么可以说，作者的诗创作是属于他自己的一道生命之流：从他心儿里流出来的家园情怀、人生操守的抒唱，真切且渗透着高品位意绪的阳光感受。什么个人化抒情，零度写作，都与他无关，这一道生命之流只属于他自己的灵魂。

百年新诗光怪陆离的排行榜上，似乎还不见有人把这卷诗集的作者排上去，他还是个初来者，但我得说这位"初来者"为中国新诗正在寻求着一条新的探索之路。值得珍视。

我看好的正是这条新路：不奇，也不故作宏大；不扭捏作态，也不高言大语，却能于极其平凡的生活中发现不凡的哲理意蕴，让相对时空叠映在绝对时空中，去感受，去概括，去抒唱。是本体象征吗？不全是，但又近于本体象征。因此属于这些诗的是平实中见深邃，平淡中见新巧，平稳中见激荡。从这里可见出作者机敏的构思，活跃的联想。

构思的机敏出于作者极强的审美敏感,使他能独具慧眼,对生活有所发现,或者说,能通过生活表象而透入深处埋藏的本真。请读一读《大漠》《路上》《篝火营地》《赶路》吧!这里有不属象征派的象征。

　　联想的活跃不同于想象的天马行空,它是受知觉遥控的,能使诗人拉开认识的帷幕,把握到新颖而又丰盈的意象。请读一读《船夫》一诗的开头吧:"呐喊,狂歌/青筋暴突额头/撑一条大河/朝太阳,逆流而上/那一腔悲壮的号子/如血喷涌",这里有联想的展开。于是也就有诗歌语言的满含隐意,平中见奇,如《早晨,一个老人》:"人都是在河水的流淌中变老的",《篝火营地》中把牺牲者说成"在石碑上守护一条新的路",这可全有活跃的联想存在!

　　但也不能不说作者太热衷于平凡事象了,不妨多点感兴事象的选用。

　　但也不能不说作者太偏重于句秀了,不妨多用些具有传统审美文化定位的意象化词语。

　　平淡与新颖应该对立统一,这是艺术的辩证。不知作者认为如何?

　　　　　　　　　　　2020年6月1日写于浙江大学西溪校区

　　(骆寒超,浙江诸暨人,诗学理论家,研究员,教授,著名诗人,曾任浙江大学中文系主任。中国作家协会会员,中国诗歌学会理事。出版有《艾青论》《20世纪新诗综论》《中国诗学》等专著;人民文学出版社十二卷本《骆寒超诗学文集》,曾获教育部哲学社会科学优秀成果奖、浙江省哲学社会科学优秀成果奖多项,享受国务院特殊津贴。现主编大型新诗丛刊《星河》。)

此刻，他的手上捏着一道光 （序二）

—— 致吾兄，并为序

◎ 梁晓明

在我读一本诗集的时候，仿佛听见了一种声音
在对大地讲话，那么
大地会对谁传达

此刻，一个人，手上紧握着一道曙光
放羊一样让光芒奔走
让我看见世界在光芒的轻抚下睁开双眼
让我看见河流，看见田野，看见故乡
看见诗的青翠，流过生命，芬芳地呼吸
雷声滚过山冈，大风席卷天空，擦掉泪
远远望见，梦想一直在亲切地招手

我这样说话，在字的含义上
我想念母亲，想念兄弟
想念曾经走过的那盏路灯，那个巷口
那些走近的人，远去的人，都难以忘怀
我们没有在途中迷失方向，丢失双脚
我们都在前行中挺直了脊梁

胸中有天地，才可以安排山河
心里有温暖，才可以诉说家乡
山河与家乡背后，是人生镌刻的诗行

是的,此刻,一个人手中捏着一道光
在对大地讲话,大地在对谁传达
一种深情汇成一个词语,那是热爱
那是一双凝视人类的发亮的眼睛

（梁晓明,中国先锋诗歌代表人物,曾获《人民文学》建国四十五周年诗歌奖、2017年第三届华语春晚中国新诗"百年百位诗人""2017年度十大诗人""名人堂2018年度十大诗人"。出版诗集《各人》《开篇》《披发赤足而行》《印迹——梁晓明组诗与长诗》《用小号把冬天全身吹亮》《忆长安——诗译唐诗集》等。）

第一辑　乡野情怀

第二辑　故土情思

第三辑　旅途情感

第四辑　风尘情缘

第五辑　心路情愫

明天的梦境里
人们会踏春而来
燕雀会筑巢而来
雨季会欣欣而来

FEIYIFEI SHIJI

亲手种下一棵树

我离山岭很远
我离大河很远
对生命最好的纪念
是亲手种下一棵树
让一片闪烁的绿色
接受阳光温暖的召唤

我在一种兴奋中急切
热泪滴落泥土
心意植入期盼
把自己扶正,站直
从此开始向上生长
崭新的年轮一天天萦绕梦想
向无垠的天空升旋

我为此激动不已
明天的梦境里
人们会踏春而来
燕雀会筑巢而来
雨季会欣欣而来
于是一棵树
将成为远处风景中
一座山冈的原色
一条大河的起源

村庄的声音

心里的那座村庄
掩映在一片古老的树下
你可以听到它的声音
那种亲切的召唤

我喜欢，并敏感于
这种细微的声响
只有走远了
静下来的时候
想念它的人才能听见

比如看到了炊烟
就会听到灶膛柴火的毕剥
听见母亲在叫我的乳名
比如，篱笆动了一下
那是谁家的猫回来了
或者木槿朝花夕落
比如鸡下了一只蛋

燕子飞回堂前哺雏
牛哞黄昏
塘里的鱼跳了一下
老人咂巴旱烟
下田人光脚走在泥地上
回家

比如，祖母把一根针
在额头上磨了一下
然后稳稳地穿过
许多锃亮的日子

比如，稻秧返青了
一只青蛙望着天空
绿色的腮帮一鼓，一鼓

枯葵印象

深秋的风
摧枯拉朽
卷走一个季节
大地在辽阔的天空下
深刻地荒芜

一枝枯葵遗留在路边
干瘦,倔强,直立
哪个农民这么有诗意
创作如此醒目的孤独,顶住
即将到来的冬天

站立着的是太阳的性格
让人想起,自己
曾站在荒凉中的民族

愿意

你心动已久
愿意有一天
不用告别
就走了,也不去太远

最好是一座山
山间有林
林下有泉
一间小屋,放得下
你带去的那些书本
还有白纸
还有一些纷乱的杂念

从此,每天早上
在清凉晨雾里
练习修禅
学会煮苦丁茶
看流云
诉说天地的变迁

或许有一片树叶
从远处飞来
落在脚边窸窣
说给你听山下的一些俗事
你可以不放心上
也可以若有所思

第一次种菜

我把试一试的想法
一个一个埋进土里
没抱什么希望
倒是像有仇恨
浇上淹死人的水
然后回家了
我不相信我这种人
真能成为像样的农民

等我再去的时候
有东西露了出来
瞪大了绿色的责问——
喂！是你干的吗
还要我们怎么样

我深深地吓了一跳
顿时手足无措

麦熟了

麦浪席卷天空
又是一个好年
阳光叩醒沉睡的希冀
还在这个时候
从坚硬的土里
拱出来自远古咸腥的泪目
看着季节的最后时刻
将生命的延续与轮回
挂在成熟的季风中荡漾
然后闭上眼睛
等待镰刀的不容置疑
等待彻底的粉碎
等待变成别的名称
等待,去向远方

刈倒的不仅是田垄的金黄
还有面朝黄土的农人
同样一片片躺倒在时光的刀片下
埋葬在同一片土地里
一代代繁衍,生长,老去。也许
明年来收麦的
是他们的儿孙

无

意

我在院子里
种了一棵东西
很不专业
但它活了

过了梅雨季
天气放晴
有一天早晨
竟开出了一朵花

这么精致的鲜艳,一下
照进了我沉闷的心
我望着它
心里充满欣喜

幸运都是突然降临的
但我知道
不是我会栽种
而是美丽,天生顽强

梨花

清瘦的样子
俏立如处子
一冬天都沉默不语
突然在一个雨后的早晨
张开许多纯白的小手帕
静静地,擦亮天空

惊艳那么多春风里的目光
阳光睁大眼睛
用圣洁的光环
抚摸这簇娇艳的馨香
白的这么亮
亮的这么白
真的不敢触碰初放的娇蕊
犹如绿芽上的露珠
和太阳,轻轻一吻

就这样好了
请不要凋谢
也不要长大
就把这串芬芳的青春梦语
一直讲述下去
那似远又近、似去又来的情愫
多像这个早晨
停下脚步的那个人
一厢情愿的心事

多余

我坐在月季和池水之间
可以当翻译
你们谁先说

月季在池水里
发现了自己
原来这么艳丽

池水很惊讶
可以把一朵花
照得如此美丽

他们互相微笑就够了
其实我
很多余

院里的柿子树

弯曲脊背
低下枝头
每到这个季节
都默默地,挺累地
将生命的果实
探出路口

无意于路人的迎奉
也不屑秋风媚俗的挑逗
没有鲜花
不招蜂蝶
寂寞地生长
在悠长的年轮里
坚守自己无涯的一隅
品嚼喜悦与忧愁
碾磨希望与失落
让一切都在心里慢慢变甜
成为一生赏心悦目的演奏

然后,将无数橙色的灯笼
含笑挂起
向回家的人
深情翘首

小鹿

在静谧的森林里
像一道童话的亮光
一闪就不见了
四周空旷宁静

怎么跟踪精灵
我不是猎人
不知那串轻蹄
踏过了哪片草青

也许就在一棵树后
一跳一跳蹚过小溪
用明亮的好奇望我
羞怯地打量陌生的眼睛

就这样期待相遇
再说一遍我不是猎人
靠近一点好吗
我们一起去找小矮人

草原图画

去年雪好
今年草长
一匹身强力壮的马吃饱了
吃得太饱了
皮毛在太阳下闪亮
它停了一下
想起冬天时的饥荒
又慢慢低下头去
吃吃草的意思
现在日头还早
去水泡子吧
蹚入清澈的浅水
更慢地喝水
然后站着不动
看对面那匹马
对面的马也在看它
互相沉默地问候
看得实在腻了
再看天边的山
山以遥远的方式
让草原看呆

马不知道,云底下
有一匹狼,盯着它
也看呆了

麦客

麦客以流浪的方式
告别生长石头的家乡
只带一柄快镰
跨进平原翻滚的麦浪

麦客以高超的把式
赢得麦子的尊重
留下火辣的热汗
收割全家的盼望

麦客以虔诚的面容
弯下沉重的脊背
一边捧起麦粒哭泣
一边向更远的天边闯荡

麦客以期待的心情
梦见人间岁岁好年景
在一望无际的麦田里
自己变成一枚金色的麦芒

洗

河水是镜
映着蓝天
映着白云
映着青山

浣女在洗
洗着青山
洗着白云
洗着蓝天

我爱土地

我不止一次地说过
我爱土地

土地慷慨
让我深感庆幸
曾有多少喜悦
多少丰足的收获
依仗土地的奉献
但它从不炫耀
一直到今天
它还在慷慨

土地沉默
让我无比崇敬
曾有多少悲壮
多少自豪的故事
来自土地的演绎
但它从不宣言
一直到今天
它始终沉默

土地坚忍
让我心存忧虑
曾有多少蹂躏
多少无情的摧残
戕害土地的元气
但它从不呻吟
一直到今天
它仍然坚忍

我爱土地
就像爱师长
爱恩人
爱母亲

黄土地一声不响

黄土地一声不响
千万年的沉默里
被雨淋透
被太阳晒干
被高粱和玉米拱破
被一代又一代生命
掩埋

烈日破碎了脸庞
洪流开裂了胸膛
狂风刮皱了肌肤
野火烧焦了躯体
承受了无尽的苦难
黄土地,一声不响

青草在春风里摇曳
粟米在秋色中金黄
婴儿在清晨啼哭
炊烟在黄昏升起
奉送了世世代代的祥和
黄土地哟,一声不响

所有的故事都沉积在怀抱里
层层叠叠的倔强和温情
要么硬得像拳头
要么柔得如母乳
天空下的黄土地,始终
一声不响

寂寞的乡野

列车穿过雨雾疾驶
城市一个比一个嚣张
乡野却在待耕的时节
萎缩在三月的阴影里

种子再不会醒来
农人去了遥远的地方
斗笠和蓑衣落满灰尘
锄头的锈垂挂着蛛网

布谷鸟飞走了
忧郁的土地陷入泥泞
不知名的青草抬起头
寻找牧童的歌,飘去了哪里

人们加速飞奔
听不见春播的呼唤
谁在以背叛的方式
逃离土地,逃离自己

上钩

黑夜不再争论归属
平静地退出天幕
太阳在河里闪耀
鸟捞不起来
贴着水面向前飞远
青草挂着相思泪
在雾里冥思苦想
昨晚泥土的情歌

我从紫荆花下走过
呼吸阳光
盯着河面的动静
希望鱼来钓我
很想上一次钩
拼命地甩尾
把崭新的快乐
装进猫的篮子

听

这时有风
秋叶如雨
我也是其中的一页
送走了鲜花
送走了果实
也送走了自己的年轻
无声地坠落
等待阳光
对我批阅

我默默地听着
在意这一刻
但不会出声

六月河

可以脱掉旧鞋了
蹚过清清的河水
波浪上游,是六月
与风一起轻快跑来
带着合欢花绽放的梦想
传送这个季节醉人的花语
是相恋来之不易的重逢
是重逢历经苦痛的相恋
初夏是一个孩子天才的创作
在河流里哗哗喧响

太阳高高地升起
远山陶醉于耀眼的明亮
每一片叶子都是新的主人
铺天盖地送走春天
把青春送到城市和乡村
送上天空和田野
送进每个人的心里
让生命听见六月河欢腾的歌声
让世间走向一年的巅峰

山里做客

小径通往深幽
云挡在道上
故弄玄虚地曲折
将风景藏到了最后
却在一抬头
溪流的那边
一枝红杏
早已探出路口

柴门半虚半开
瓜棚阳光斑斓
青茶端在手上
老伯三句不离桑麻
一边招呼生火
一边赶鸡撵狗
还指小儿提篮
奔到后院摘豆

溪里青蛳正肥
山中嫩笋爽口
草窠里摸出还热的鸡蛋
土坛里舀起刚酿的新酒
席间女儿怯声来敬
笑问何时嫁到婆家
那个一抹羞红哟
才是山里最靓的彩头

古树

所有的故事都随风远去
时光是不可俯拾的古董

路过的目光都是年轻的
百年沧桑如同一夜轻风

新的叶子讲述一颗童心
岁月磨砺不改爱的颜容

绿色的梦想穿透了年轮
把雄浑与苍翠写满天空

一株野梅

一个偏僻的路边
我把它捧了回来
它很高兴
我也很高兴
我们有了
同一个家

这年风很大
雪也很大
冰雪把天地冻硬了
寒夜里
压断了梅枝

寒冷步步紧逼
到最冷的时候
在断枝的伤疤上
开出了一朵红花
被冷风越吹越艳
越吹越亮

那一簇夺目的鲜艳哟
像寒冬里的一颗炭火
顽强地宣誓
对于冬天的反抗

我裹紧棉衣
不知道怎么帮它
那朵火苗很孤独
却充满了
野性的倔强

乡村老师

像山石一样的朴实
像乡土一样的苍老
脊背已深深地驼了
但孩子认为他很高
一年一年心血浇灌
一代一代放飞希望
现在老师真的老了
粉灰染白头顶青丝
此刻仰望满天星光
他坐在晚风里微笑

月亮

当夜降临
月亮就弯下身子
俯拥大地
用温柔的臂膀
轻轻抱起
河流、山峦、田野
抱起城市、村庄、树林
像母亲抱起
自己的孩子
皎洁地一吻
又轻轻地放下
唱一支无声的眠歌
让世界安睡在
摇荡的梦里

直到太阳
回来接班

稻垛

曾经是那么多目光的
墒情
长势
婀娜多姿的绿意
和飘展如旗的希望

仅在一道闪光之后
生命走完了历程

收割人挑起谷筐离去了
丰收锣鼓在远处响起
田地变得空旷
寂静，游荡在风中

稻垛散发着土地的余温
留恋太阳的光芒
带着最后那一下的断茬
仰望难舍的天空
平静地躺倒，摞起
等待新的季节
降下雪霜

除了冬天的麻雀
谁会带它回家呢
或许有一把火
让它重回泥土

寂静的林子

下了一场雪
又下了一场雪
天空下累了
在林子里午睡
被子盖得很厚
树们裸着身体
羞于发出声响

驯鹿和雪橇停在远处
天堂还没有开门
溪流结了冰
水悄悄地从冰下流过
屠格涅夫掂着猎枪
好像走错了山林
在这里坐了很久
迷恋无声的流云
而把笔记遗忘在山里
一只山鸡突然飞了起来
把树林吓了一跳
太阳睁了一下眼睛
又闭上，然后
轻轻地呼吸

小草

百鸟纷飞
欢歌高亢
这时，我是一种
无声的微笑

千帆竞发
生命聚会
这时，我是一种
无声的祝福

万花齐放
争奇斗艳
这时，我是一种
无声的陪伴

我是一棵小草
在美丽的春天
默默奉献绿意

种林人

——游塞罕坝有感

大风刮起砂石的时候
种林人迎风荷锄走来
艰难地挖了第一个坑

小树初吐新叶的时候
种林人两鬓已染薄霜
但他把希望播得更远

林海覆盖沙丘的时候
种林人也成一抹绿色
人们再也找不到他了

农家

柴垛

含着青葱的笑容
吐露新茬的芳香
乘一袭凉风
飞来几只麻雀
成为一幅岁末的图画
在院墙的一隅
晒着太阳
等待冬天

最冷的时候
这家人的大雪
将被温暖覆盖

老果树

隔着老辈人的树叶
又发芽了
去年开过的花
又绽放了
总以忠实的陪伴
亲切得让人掉泪
平淡的枝叶里
挂满了艰辛与顽强
甘甜与酸涩
失落与欣喜
在贫瘠的缝隙中生长
在朴实的向往中死去活来

一年又一年
挂起绿色的希望
摘下岁月的滋味

针 线

或者树下
或者灯畔
伴随宁静
把一份心境
穿过时间

难得清静
一时盘腿，一时半躺
把长长短短的心思
凝聚在指尖

不看针脚
偏爱那小指
俏丽地一翘
是朵兰花

既是生计
也是悠闲
还有越缝越密的酸甜
加在一起
叫作女人的日子

林中对话

小　鸟

我扬了一下手
意在警告
快飞走吧
我可以捉住你

你没有逃走的意思
也没有惊恐的表情
对我叫了一声
好像是在问路

我犹豫了
不忍真的去捉你
想起在陌生的地方
我也迷过路

小　鱼

因为宁静
所以水平
平得就像镜子
把你我照清

我看见你在看我
你看见我在看你
谁抓谁呢
我们在目光里对垒

就这样兴奋地相持
不敢贸然出手
也不想逃走
双方不输不赢

小　虫

不想惊动你
你不要停下来
冬天快到了

一片树叶下
你的茧床呢
你该有个好梦

等梦醒来时
将有一对美丽的彩翼
飞舞在春天

村庄记忆

最好是在黄昏
回想这个时刻
夕阳落在叶子上
被风抖动
如一大片明亮的薄翼
飞上纯净的天空
我站在村庄路口
倾听风吹过的声音
知道我为什么停留

水波如歌声荡漾
一个老伯走过木桥
把一张网撒在水里
河水沙的一声
鱼都安静了
那顶斗笠遗留在岸上
下面压着一本皇历
时光走得很慢
芦苇静静地低着头
望着墙上的镰刀
默守时间的承诺

小路上传来脚步声
姑娘从我讨过水的门里出来
去篱笆边上采花
她在菜地里追了一会蝴蝶
把篮子留在了路边
那是个暗号吗
也许天黑以后

有人会来放一件信物
明年桃花依旧迎笑
那倩影会去哪里炊烟处

稻子已经割过了
心满意足地睡在晒场上
鸟优美地飞回树林
踱步的黄狗看了一眼陌生人
一切都自然而闲适
我想再多坐一会儿
想一想这时很像哪一首诗

天还没黑
但快黑了
我继续朝前走去
而路过的这个村庄
一经想起
就有一股清流
涌上燥热的心头

布谷声声

总在这个时候
我会在稻田边坐一坐
倾听春风催动的生长
好像我也是一棵青稻

这时，蓦然
听到了布谷鸟的叫声

多雨的季节
沉郁的天空下
从桑园的深处
飞出一只孤独的布谷鸟
掠过我的头顶
掠过一条小河
向稻田的尽头飞去

它的叫声并不响亮
但那充满焦虑的催耕
布谷——布谷——
穿透了潮湿的田野
惊悸一个季节
敲击我的心跳

另一只布谷鸟在哪里
它为什么独自飞进春天
将苦啼溅落的鲜血
染红春雨沾湿的杜鹃花

一
棵
树

院子里
有一棵树
长高了

院墙很高兴
给了我绿意
还给我鸟巢

只是刮风时
多一样担心

蒜

竟有那么多脑袋
一直躲在衣服里
一个比一个胆小
为什么不悄悄地伸出一个
用白白的鬼脸
吓我一跳

铁匠

这是一手最硬的手艺
来自一个古老的传承
完全取决于火与铁
在重锤下的较量

这是一种最柔的情意
用火热的追求
把岁月在通红的风炉中
拉长,拉响

执着地让日子成形
每一下击打都清脆悦耳
仿佛是生活不依不饶的鼓点
催发人们前行的力量

男人有了锄头和镰刀
那么,田垄就不会荒凉
女人拿起锅铲和火钳
家里就会燃亮灶膛

战士接过刀戟
家园宛如铁壁铜墙
远行者接过铁掌
看那,一路马蹄溅起飞奔的星光

好个威武的汉子哦
用一生的热汗和血
锻打出沉甸甸的世界
让生活的光阴源远流长

船夫

呐喊，狂歌
青筋暴突额头
撑起一条大河
朝太阳，逆流而上
那一腔悲壮的号子
如血喷涌

光背，赤足
撑住千钧之力
踏平狂风骤雨
将生命，掷入激流
那一身赤裸的胆魄
气壮山河

只有到岸时
才挽起裤腿
走进河妹的眼泪
倒在，杯中

第二辑 故土情思

接住月下的那一声鸟啼

攥在瘦削的手心里

握紧的却是离家的愁绪

FEIYIFEI SHIJI

我的河

——我回到故乡，栖居在运河之畔

我从远方归来
回到你的跟前
心里有许多话

饱含血泪和汗水的河啊
从年代的深处流来
承载着太多的故事
沉默在二十一世纪的天空下
我弯下疲惫的腰
捧起一掬涟漪
倾听你一千多年的流淌
一下闻到了母乳的气息
不禁
热泪盈眶

曾经的斧钺，劈开的是
时光的隧道，以及
岁月额头的年轮
神灵在毁灭中重生
河流虬枝峥嵘
蜿蜒如练的腰肢
扭动着多少人的
眼泪
淹没金黄的稻谷、闪亮的绫罗
和脆响的瓷器
在如歌如泣的桨声里
风帆消失在河的尽头

期盼的忧伤
忧伤的期盼
都在一年又一年中
随耕种与收获更替,延长
日出后日落
日落后日出
都在水涨又水落间
重复一代又一代的繁衍
河流用前行创作了城市
像一条长鞭激活一路生命
又用苦难构筑他们的家园

我是游子,但不会忘记你
是你养育了我
养育了我的祖先
我肯定是你纯正的后代
必须报答这巨大的恩典
因为苦难
所以有了坚强
因为坚强
所以能够苦难
这是你的子孙独一无二的
出息

我匍匐在你的脚下
倾诉我积蓄已久的衷肠
感觉你认出了我
目光宽容,并暖

奶奶的桑树

奶奶住在另一个城市
就在这个清明节
我下定了决心
要去看她
我想念她
她的样子,她的声音
她看着我的眼睛
就是我的故乡

走过一片油菜花地
穿过蜂蝶绕飞的空气
奶奶睡在一座小丘之下
已经很多年
荒草淹没了她的年龄
淹没了她唱歌般的湖州口音
她的小脚、顶针,她的蚕
都在春天的泥土里
静静地呼吸
她是一个高挑的女人
应该老远就看到了我
她知道我来了吗

她走的时候呼唤我的名字
我还小,在门后惊恐不已
那是最后一刻
她没指望我后来的样子
走南闯北,游走世界
只希望我平安地做她的长孙

看着我在天井里长大
在草地上会跑,会跳,会叫——
奶——奶,奶——奶
这是她一生最大的骄傲
此刻,面对她的注视
我泪流满面

字碑前,不知什么时候
长出了一株桑树
它是来感恩的吗
它是来陪伴的吗
它是来代表奶奶的吗,枝叶间
窸窸窣窣,摇摇曳曳
挂满了她老人家,念念叨叨的
牵挂,与担忧

听见父亲叫我

—— 写在父亲的忌日

很多次，真的
我清清楚楚听见
父亲叫了一声我的名字

只有父亲才会这样叫我
这个声音，从小
一直牵着我的心魂

我是他的儿子
我是他寄托的希望
我听见了他在叫我

我赶快回头，睁大眼睛
看到的却是
一片晃眼的日光

那条小河

从太湖的源头
蜿蜒逶迤
流过了许多岔口
不经意地,停留在
一个水田环绕的村庄
桃竹掩映
水草丰盛
木船卧在平静的水边
拴住两岸人家

日子是从河里开始的
清晨,柴门咿呀
女人走下河埠头
汲水,淘洗,伸一下腰
后面跟着鸭子
小鱼游进淘箩
燕子飞来衔泥
河里有了动静
村庄就醒了
房顶升起了炊烟
稀疏响起晨雾里的声音
日头清淡,随河水流淌
光阴慢慢延长

傍晚时分
下田人来河边洗脚
依稀的背影,可能是我爷爷
坐在石阶上
锄头和鞋放在旁边

看看垂落的太阳
想想一天的生计
听见牛羊哞叫黄昏
骂孩子和狗,莽撞地奔跑
然后,点亮一杆旱烟
带着咳嗽
走回祖先托付的
昏暗的,有点潮湿的
耕读之家

有一个雨天
整条河都在哭
我爷爷被棺材抬上船
一个苦命的人
就像来时那样
从河里运走了
不知他会在哪里,重新上岸
他走得太早了
我没有去送他
那时父亲还小

梦呓

接住月下的那一声鸟啼
攥在瘦削的手心里
握紧的却是离家的愁绪

总在梦里听到这一声惊悸
总想伸出手指
触摸那滴清凉的霜凝

天色时晴时雨
今晚还会有客船靠岸吗
我已随流水走到了哪里

猫在瓦上

我一抬头
看见猫还蹲在老屋的瓦上
心里刷地一惊
往事顿时穿透记忆

我看着猫，猫呢
看着外婆坐过的那只矮凳
很久，母鸡已经走远
豆壳撒落一地

再回老巷

还是那盏昏黄的路灯
沿着我的脚印
照出一个少年
曾经蹒跚的忧痕

夜幕降落宿舟河下
小巷昏昏欲睡
那个晚归的背影
又在熟练地揽紧一条旧船
大声而含混地招呼归来
拴住的却是一生的风尘

万安桥畔清冷
倦鸟歇在树梢
小店在细雨中打烊了
门缝里漏出灯光
人影闪过
飘出幽幽酒香

这个独行而至的夜晚
我从北方回来
走在迷蒙的夜色里
记忆在朦胧中沉沦
怅望老巷的尽头
走进去,却已不是
今晚的归人

天亮了

天又亮了起来
我喜欢早晨醒来时
看见天边挂着新的光明
有时只有一点点亮光
但够了,就像火炬的指引
后面的大部队将汹涌而至
直至洒满整个世界
照亮每一处角落
温暖每一个生命
包括我,知道吗
我因此成为新一天的主人
走进正在到来的阳光
呼吸晨间芬芳的空气
迎接盼望已久的幸福

天真的亮了起来
这是我狂喜的时刻
又一次送走漫漫长夜
无比幸运地回到黎明
多好啊,那么宁静的早晨
没有号角和夜灯下的苦吟
挥手告别昨天吧
就像回到了童年
就像仍在甜梦里
微笑着,知道吗
我已经回到了出生的地方
在我有点陈旧的屋里
听见孩子叫我的声音
竟然高兴得不敢相信

旧物

岁月之潮退去时
会洒落光泽黯淡的旧物
就像闭上眼睛的贝壳
留在了海滩上

我怀着复杂的心情
把它们归在一起
既免得太占地方
又便于珍藏

但不时总能听见
它们叮叮当当的声响
这独一无二的过去
既无可替代也难以忘怀

于是，我拿起一件端详
想起遥远日子里的亲切
即便是局促的难堪
过去了
才显出意味深长

我留着这些凭据般的老物件
是想留下走过这个世界的念想

父亲还是很忙

我不相信他真的走了
果然,那边山坡
欣欣向荣起来

青草发芽,树木蓊蓊郁郁
鲜花次第盛开
蜂蝶在阳光下舞蹈
松鼠奔跑树丛里
虫儿歌唱鸟织巢

阳光好,雨水也好
父亲就住在那里
种菜,养花,摘果子
还是爱管事
说这个好,那个不好
一时高兴,一时生闷气
大家只好都听他的

他就更忙了
以致我叫了好几声
他都没有抬头应我

河水奔流

有多少乌云
跟随着远去
消失在天的尽头
河流永无止境
时间,在河水里奔流
疲惫而沉静

有多少故事
被浊流吞噬
隐没在浪的底下
河流永不倦怠
血泪,在河水里奔流
坚忍而清冽

有多少纷争
在涌涨中沉浮
平息在前行之中
河流永不畏惧
历史,在河水里奔流
公正而锐利

路

上

没有船，望了又望
是夜在河里
无尽地流淌

有一片叶在漂
有一只鸟在飞
轻轻掠过心头
窗外的目光
风里很凉

月亮悬挂在河面上
映出堤岸，柳暗处
是别人的村庄

我的家，还要往前
在影影绰绰的路上

栖居河边

我栖居于这条江南的河边
每天倾听千年流水的喧响

苦难和欣喜都在心中成曲
犹如一枚蟋蟀在草丛歌吟

静好岁月漫过斑驳的堤岸
夕阳下船影无声滑过水面

世代不离的鸟扇动着波光
我们都是河神忠实的邻居

沉醉于一个传说无比幸福
谁也不倦怠于真情的聆听

我站在澄澈的天空下仰望
感受生命正在承载中行进

所有的心愿都将到达彼岸
迎接属于你的期待和欢欣

是的，我栖居于这条河边
穿越尘霾随波流汤汤前行

早晨，一个老人

一个孤单的老人
坐在河边拉二胡
音不太准
让人想起西风刮过树林

河水听得很耐心
不紧不慢地体味
听懂走过远路的况味
听懂忍受平淡的旅行

老人的曲子太老了
但那时候他还很小
人都是在河水的流淌中变老的
旧曲让他想起了年轻

几只调皮的鸟跳到他的跟前
陪着他，在自己的琴声里
徜徉于曾经的时光
经久忘情

敬朋友

用一杯香醇的绍兴酒
敬你,我亲爱的朋友
这片土地是我的家乡
是我想起就落泪的地方
你远道而来
酒里斟满了一个江南人
风雨忧伤的情意

雨季的惆怅
分别的思念
往事伤感而又让人怀念
都斟进酒里了
有过去的快乐
有曾经的疼痛
还有那些无法重来的故事

包含隐隐跳动的心思
以及,至今仍在冲动的豪迈
都在心里变醇
都在杯中沉淀
都在重逢的日子里
猛然惊醒
冲荡血脉偾张的魂灵

这是历经沧桑的佳酿
用杭绍平原养育祖先的稻米
用王羲之饱蘸笔锋的鉴湖水
用贺知章不改的浓浓乡音
用女儿深藏墙角的殷红心愿
经历了一代又一代封贮
才有了时间摇摇晃晃的后劲
我喜欢这种不离不弃的沉醉
喜欢这种情深义厚的绵长

所以说,酒逢知己
其实是心动于端起真诚的眼神
跟过去和将来
那尽情的一碰
那么来吧,加满了
我亲爱的朋友
我先干为敬
你,随意

家乡话

别人可以用各种名称
一边笑，一边说，这是
土话，老话，乡下话
但对我来说
这是至高无上的母语
与这片土地
与这片天空
与这排斑驳的房屋
与这方水土的生命
血脉相连

在太阳温暖的照耀下
它是挂在屋檐下的玉米
它是墙角里静静的腌缸
它是那副石磨转动的声音
它是早晨鸡鸭争食的喧嚷
在无数平静而局促的日子里
渗透了父亲沉重的忧愁
和母亲殷红如血的希望

在游子彻夜的想念中
它充满了儿时的快乐
它散发着故乡的亲切
它包含了生活的智慧
它珍藏着那么多，家的回味

在离别离去离开的时光里
我啊,一遍遍地用家乡话
诉说对老家的思念

世界变得太快了
只有母语是冲不散的
牢牢扎根在自己的泥土
像青草一样生长
像绿叶一样飘扬

生日快乐

我坐在家里
一个人
等着我的孩子
还有朋友
涌进来
过我的生日

我坐着很像一棵树
生日像一把剪刀
每到这时候
就剪掉我的一片叶子
直到我所有的绿叶
都飘落到脚下

总有一天
我会像一截枯木
躺倒在泥土里

我不愿意变成栋梁
也不想做力顶千钧的立柱
那样太累了
我愿意是一捧干柴
当我的孩子和朋友们
来祝贺生日的时候
我就在明亮的火焰里
跳起欢快的舞蹈
听他们围着我唱
祝你生日快乐
祝你生日快乐……

想家的时候

这时要喝点酒
像曾经父亲那样
放在煤炉上
煨出团聚的味道
冬天就不冷了

这时要唱支歌
像童年时候那样
唱母亲唱的那支
母亲的眼睛就在身后
孤独就消失了

这时要读封信
像看到亲人那样
把家书读成月光
流过两行思念的眼泪
忧伤就融化了

陪母亲坐着

有一个中秋之夜，
我陪母亲坐在西湖边，
抬头望天上明月，
低头看月下行人。

母亲一生从事医疗，
她说看走路就知道，
瘦的人是好的。
我点了一下头，
说，对的。

月亮在云边迟疑，
晚云显得很洁净，
母亲曾经写过诗，
她说害羞的月是好的。
我又点了一下头，
说，对的。

远处有风吹来，
湖面上飘起桂香，
母亲平时喜欢养花，
她说闻得到花香是好的。
我用力点了一下头，
说，对的。

我心里充满了月光般的幸福。
只要母亲一直坐着，
我在她的身边，
陪他说话，
那么，都是对的。

走了

总有一天,到了我走的时候
离开居住的这间小屋
离开朋友,一些牵挂
去见新的朋友,或者敌人
也许老相识会在另一个地方见面
风卷残云,天空这么大
足以宽恕一切,包括我
不欠什么,也不带走什么
就这样走了。有人先走了
走在我前面,我追不上
那就给我奶奶捎个信
天气晴朗,风轻云淡,路上好走
我干干净净的,也不渴
这时她大概正在洗手,收衣服
准备生火做饭
父亲一直站在门口
不知是希望我快一点,还是慢一点

雨在远方

阴雨连绵的日子
我在心里驱赶雨季
但雨远去了
我又会想念
雨的飘飘荡荡

这时雨在远方
淋透一个赶路的人
他走了很久
一直朝前走
步履踩在泥泞里
山峦时隐时现
河流弯弯曲曲
一路心情潮湿
肩上行囊沉重
突然，那人回头望了我一眼
苦涩地一笑
我就看见一个笑容
没看清他的脸
他是我吗

背影消失在雨幕中
隐没在渺茫的路上
不知道他还要去哪里
他会走进太阳吗
也许有一天
这里下雨的时候
他会走回来
走回来也很远

一道雷电

草原沉默在天穹下
突然一道雷电
闪耀出一只雄豹
被我们看见
让我们的眼睛潮湿
想起很久前的事情

祖先在原野上奔跑
比豹更迅捷
没有被扑倒

他是我们的父亲,母亲,和兄弟
和年幼时的一些憧憬

奔跑的是我们的心,我们的血,我们的大脑
一直跑在豹的前面
豹停住了脚步,望着
我们的祖先远去

倒下的,流完的血,粉碎的骨骼
都不是后来的我们

天穹在草原上沉默
一道雷电闪耀
一只雄豹看见了我们
目光似曾相识
可是我们已经住进了城市

老桥

老人从这里走了过去
脚印隐没在遗忘中
风吹来时
听不懂现在的故事
剩下平静的沧桑
和一天比一天深的
时光的刻痕
留在长满青苔的石阶上
岸柳依旧，绿意深沉
野草在石缝里孤独
听凭时间决定枯荣
蚂蚁用暗号交头接耳
议论河水缓缓前行
白云漫过头顶
拉长，曾经的心情
曾经的风景

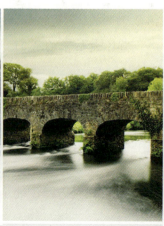

老房子

时光已落黄昏
蝙蝠无声地飞出廊檐
天空用一块黑布擦拭
遮住过时的光亮
一些幽影斜倚在门框上
无声地呼吸

背后的老房子陷入黑暗
像被一只怪兽慢慢吞入口中
剩余的光线犹如残涎
一点一点滴到地上
长出奇怪的叶子
写满陈旧的文字

老家俱蹲在暗处
布满手印和衣服的气息
遗留几代人的灰尘、霉味和锈迹
停留着听天由命的童年
像一只懵懂牛犊
抵住不愿开的门

离去的人不知在哪里安睡
已经闭上的眼睑
一直在默念什么
那渐行渐远的脚步
也许会跨过门槛回来
递给你一枚蓝色的苹果

然后坐在老地方
看黑色的鸟群
陆续飞过头顶

回家的梦想

我穿行在沟壑交错的土地上
风吹雨打不吐露内心的忧伤
城市已在一夜之间高耸入云
延伸出许多不知去向的道路
犹如章鱼的触须迷乱了方向

一个个乡村正在忧愁地老去
远去的风里还有水车的声响
薜荔掩映住了泥墙里的贝壳
燕雀惊恐地穿梭于萧萧竹林
变异的蘑菇正发疯似的生长

一切都变得似相识又难辨认
缤纷如花的谎言在空中流浪
人们在碎梦中回想昨日温馨
任由梦境中的家园枯萎凋落
只有晚风在诉说昔日的衷肠

我停留在沙尘涌起的道路旁
荆棘的根须疯狂地伸进血管
我用全身的力量忍受着嬗变
承受所有事都在强迫中变好
心里却始终装着回家的梦想

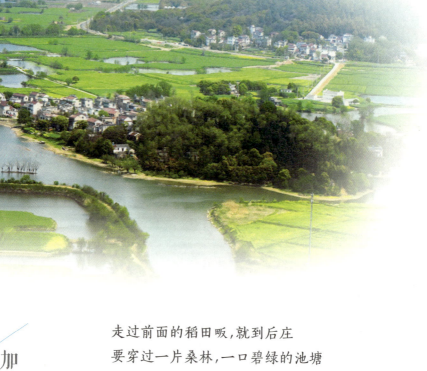

加快脚步

——写在湖州北郊后庄村拆迁之际

走过前面的稻田畈，就到后庄
要穿过一片桑林，一口碧绿的池塘

风有点大，眼睛在尘土中模糊
看不清房子，河东的那家还在吗

一条高速公路，正从远处冲过来
每天一口，决绝地吞掉祖传的老房

我加快脚步，去看我的奶奶
她正坐在门前，焦急地张望

遗忘

山还在那里
注视着天空
那是哪年的云
无声地飞过
丢弃曾经的梦

树还在那里
升腾起晨光
冥想不老的过去
岁月悄然离去
背后没有回音

路还在那里
荒草淹没足印
时间已经走远
在人们的遗忘中
我们慢慢有了年龄

回去

如果有一天
沿我初行的足印
倒着走回去
一直走到底
来到一条河的桥边
那就是我出生的地方

许多鲜花盛开的日子
已在我的流浪中凋谢
归来时，想起我的乳名
两鬓已是落霜的景象

小巷早已被岁月淹没
那棵香椿树却是个奇迹
竟还站着等我
用竹竿去撩它的嫩芽
几只家雀飞过
也许认出了曾经的老对手
但翅膀停歇的
已不是那片瓦

熟悉的风吹在脸上
我听到许多耳熟的声音
曾经住在这里的人
从眼前无声地走过
一些人朝我点头微笑
然后消失在桥的那头
剩我一个人
站在原来的地方

在浙西相遇

——致诗友金土

我没有与你同行
却在浙西的山里邂逅
诗歌荡涤山谷
穿透山雨淋漓的忧伤
群山黝黑而沉默
藤蔓缠绕天空
岩石慢慢变凉
母语鼓动暮霞
翻卷漫天云雾
开始发自肺腑地铿锵
地下升起亘古悠扬的歌声,催动
人生漫走山冈

天色坠落的时候
烟霭笼罩村庄
我离你越来越远
但看清了你眼中的渴望
山水地老天荒
仙霞山脉长眠不醒
而诗歌不会老去
你就是那个唱诗的人
一生沉浸在生命的韵律中
眼泪在歌吟中,渗入
古老咸腥的土壤

太湖石

——家有太湖石，来自故乡

皱。太多相思的涟漪
从心里爬上额头
变成一种深刻的表情
藏着岁月的忧思

漏。时光过于漫长了
衣襟兜不住所有风霜
冲刷掉软弱，留下筋腱
漏出，身后的光亮

瘦。在期盼的日子里
陪伴日月翘首等待
忍受焦灼的磨砺
一直站得躯骨嶙峋

透。任凭水，或者风
穿过毫无保留的心胸
任凭有人说这是假的
却是一座风骨透明的山

秋雨的思绪

不经意地一抬头，蓦然间
天上已飘起秋雨的惊喜

繁花携雨飘落大地
送别长久的闷热和烦躁
飘落心上的是那个季节
那串脚步，那种
会心一笑的心情

清清的雨丝
既是凉爽，更是澄净
有多少情怀就有多少苦楚
在清爽的风中，悄然涌起

浅浅的笑意
既是妩媚，更是心境
有多少喜悦就有多少忧伤
在沁心的雨中，漫入心底

淡淡的心思
既是沉醉，更是期许
有多少繁华就有多少烦扰
在期盼的眼中，找寻自己

而这一切，都在此刻
悄然化为这风声，这雨景
这期待已久的沉静

忍不住捡起一片落叶
举在雨中向天空告别
闭上眼聆听来年的邀请吧
不舍的是曾经的热烈
曾经的高昂，曾经的精彩
那轻声的唱吟
那迷离中的倾诉，一瞬间
弄湿了怀恋的衣襟

人生精致如诗，如歌
既是这样优雅，也是这样伤感
如果可以，真想留在这个季节
留在斑斓如画的风景里
等雨停了，再收拾
飘散的思绪

一只蚂蚁

一只年轻力壮的蚂蚁
迈着气宇轩昂的步子
在我的院子里走走停停
享受久违的日光和春风
这是一位孤独的玩家
高傲地扬着硕大的头颅
尽知天下地观看风景
用批判的眼光打量自己的王国
也许今天是它的双休日
现在是午后散步时刻
却不知有些事情正在演变
那些正在悄悄生长的纤草
很快会成为它的国家森林

渡口

一阵风
一阵雨
草摇摇
树摇摇
湿漉漉的夜
来了

一层云
一层浪
天迢迢
地迢迢
孤零零的船
停了

一支香
一支篙
心沉沉
意沉沉
瘦兮兮的人
走了

严子陵钓台

没有富春江
钓竿有什么用

没有钓竿
富春江有什么用

有富春江，也有钓竿
但没有鱼呢

严子陵仰天长叹——
钓台有什么用

到达

我跳下火车
狠狠地跺脚
确实站稳了
才举起目光
看见四野空荡
稀稀拉拉凋谢的植物
基本没有房子
迎面满是枯草和冻透的空气
铁轨卧在寒冷的阳光下
去的车已经开远
来的那趟还不知道在哪里
只有我的一只行李
比我还瘦
忠诚地跟着我

从此我到达了北方
一副赤手空拳的样子
我注定要从这里出发
开始未知的旅程
但感觉还是有的——
比这片土地高出一米八二

平湖秋月

一个平常的夜晚
月色洒在湖面上
幽静的风
一层一层吹皱传说
这是一个地方
说起这个名字
多像一滴清凉的水
落在荷叶上

似睡似醒之间
波光跳跃在印象中
相爱的人
一步一步走向湖心
这是一个梦乡
走进这片朦胧
多像两个依偎的影子
没入了天堂

站在桥上看船

这么大的城市
这么高的街楼
河被夹扁了
像一条时光的细缝
露出船的狭长
无声地,擦边似的
挤过桥洞

船尾那盏灯很重
重到几乎要沉没
但它不能怨,不能悔
只能用沉闷的努力
趁城市还有条缝隙
喘息着爬过去
一直到很远的地方
把自己卸轻

女人的手

每个女人
都有一双纤纤细手
新如嫩笋
白如玉雕
我的娘,也是
我的妻,也是
我的女儿,也是
我喜欢看女人的手

女人做了母亲
就忘记了手的原样
只关心回家的人
有没有笑容

每个母亲
都有一双操劳的手
我的娘,已是
我的妻,正是
我的女儿,将是
我不忍看
母亲的手

烧秋

我把秋天的落叶
扫在一起
点上火
闻到亲切的焦草味
看见青烟缠绕树梢
升上房顶
有点像炊烟
穿过一些年代

而燃尽的灰
留在地上
回到了泥土

这样的黄昏
让人想起田野
想起温馨的柴炉
想起老家的菜地
奶奶在夕阳下
挎着竹篮
来摘豆荚

落叶

这是归宿
这是轮回

一边飘落
一边枯萎

落入泥土
落入黑暗

但我不会
忘掉阳光

秋
雨

默默地
一滴,两滴
滴滴无声

轻轻地
一串,两串
串串有意

恰似惜别
映在窗前
挂满心头

第三辑　旅途情感

前面就是那片深湖

我看到了澄澈的蔚蓝

在天水之间

倾泻原始明亮的纯净

FEIYIFEI SHIJI

北方的风铃

天空向黑处走去
缓慢得让人窒息
远道而来的人们
渐次散开,森林
甘愿沉默不语
只剩下我,站在路边
回望林中兀立的石塔
想起登到半空处
望到辽阔的孤寂
黑暗无声地扑来
我与每一棵大树,与塔
都不能幸免

风还在高处游荡
但已经很近了
凉意已经渗透骨髓
露出一个季节的霸气
我想要打开灯
让忧愁的身旁
有一只睁开的眼睛
陪伴正在走失的灵魂
这是即将沉睡的北方
不用关上门
到明年初夏
不会再有人来

这时我听到了风铃
从塔檐的高挑处
从漫长的岁月里
从深刻的寂静中
从树们的梦境里
兀自
叮叮,叮叮

远方的朋友

我从南方来
你从北方来
太阳从东方来
都走了很远的路
彼此不约而至

剩下最后一块岩石
登上去
看著名的日出

你让我先上
我让你先上
相视一笑
我们成了朋友

旭日在海上
也在早晨的惊喜里
你画画
我摄影
我在你的画布里
你在我的相片中

最后你请我写上标题
我写了一句中国诗——
有朋自远方来
不亦乐乎

看看海

有时候
我们离开嘈杂和拥挤
静静地
去看一片海

海在那里
水连着天
面对辽阔和深邃
我们心在变远

就这么看看
看看海的博大
海的力量
海的无言

我们跟海没关系
只是去看一会
然后回来，用不一样的心
做原来的人

过了一阵子
心里又嘈杂拥挤了
于是我们又想念海
又想去看看它

佛门

有一天下午
我专门跑到普陀
请教一位大师
怎样跨进寺门

大师跟我讲了很多
我似懂非懂
不忍心打断他,那么多
听上去很像哲学的道理

他的茶有点粗苦
我假装喜欢简饮
一直把苦涩喝得很淡
让他相信,我有点佛缘

送到门口
我又直接地问了一遍
大师,先出左脚
还是右脚

残佛

时间已经淹没一切
包括辉煌和惨烈
包括无数曾经跪倒的膝盖
以及虔诚合十的手掌
一切都过去了
香烟随风飘散
现在的样子就像历史本身
再也无法补缀完整
半垂的眼帘里
隐藏着岁月的深邃
命运的不测
还有忍痛的慈悲
落日映照荒凉
鸟落到肩上休憩
弄脏了翩翩衣袂
草长齐腰，身陷腐泥
蛇鼠为冷僻感到快乐
而真相在遗弃中渐渐走远
没人想为扑朔迷离的来历争论
没人相信苦难可以超度苦难
考古者来过
偷盗者来过
除旧者来过
都留下了不同的残缺
然后一去不返，据说
残缺的部分
后来在文物黑市里沉浮
变成谎言，以及
可怜的金钱

偶然

一座大楼竣工了
但工人不小心
楼顶一角遗留了一堆砂土

开始是几只鸟
喜欢这里的阳光和清静
它们带来了远处的种子

后来长出了一些草
还有一棵树
在空中越长越高

有的草开花了
树会结果
又长出新的树

再后来,蚂蚁来了
蜜蜂和蝴蝶也来了
壁虎躲在背阴处乘凉

鸟越聚越多
这里成了一个乐园
居民们为生活忙碌,争吵

有一天,一个人偶尔爬上楼顶
他是半个诗人
心生怜悯和感动

他决定帮忙,培上新的土
施了足够多的肥
还接上了自来水管

事与愿违,树和草都死了
动物们旋即散去
热心的诗人很困惑

工人想起了错误
搬走了那堆砂土
一切变得过分的干净

回到北京

我回到东二环的那条街道
像个老北漂，住在老地方
早起走走，像原来那样
一切熟悉而又新奇
月季花仍在墙根开放
还是剪得那样高
土里有浇过水的痕迹
说明当年的师傅还在这里
一只麻雀飞过
又一只麻雀飞过
那面墙壁的空调洞里
今年又有新鸟繁衍
空气里有轻微的雾霾
这样就很好
像北京的样子
亲切而又迷惘
工体旁的池塘里荷花依旧盛开
有白发人在执着地钓鱼
上钩的只是他们的时间
流浪猫狐疑地看了我一眼
瞬间消失得无影无踪
一帮老男人聚在单杠下
他们从小就在这里
每天早晨施展绝技
个个练得虎背熊腰
我微笑着走过去
有人认出了我，招手
嗨！您多久没来了

接着继续用纯正的京腔,争论

今天的头等大事

太阳升高了

街上热闹起来

我走进那家熟悉的早餐店

坐在曾经的座位上

叫了一碗雪菜肉丝面

加一根面酱油条,不错

还是那个味道

一边看着外面的行人

穿着白衬衣和双肩包

匆匆走进朝阳门地铁站

或者穿过马路

迅速消失在摩天大楼里

就像那时,我的模样

想长出一双脚

有一天，从云里掉下
一颗幸运的种子
落在溪水之畔
发芽了，长根了
变成一棵小树
很小，很有希望，很有想法
溪流之歌从山上传来
清澈，神秘，遥远
山上有雪
雪上有一个笑公公
捧着一颗太阳
小树听痴了
真想长出一双脚
登上山顶，望一眼
那迷人的风景

雨中一瞥

雨中的火焰

雨不期而至
突然下大了
城市被灰色雨帘
瞬间笼罩

对面高楼
一扇窗外
飘扬着一条鲜红的
头巾
被遗忘在大雨里
淋得潇洒，抢眼
它的主人睡着了
还是，没有回来
让它如此狂野地
飞舞在雨天

雨很高兴
下得更大了
让雨中的火焰
尽情演一出
雨中情

不懂意思

雨的意思
是让街道
凉一点

慢一点
静一点

但车轮没有领会
不懂雨的意思
依然风驰电掣
还溅起难看的花
弄脏了城市的脸

街　景

一个人工砌成的水池
一股人工制作的喷泉
几块人工垒造的假山
几条人工培育的小鱼
用被选择过的优雅
在清澈的自来水里
昏昏沉沉地游弋
供路过的人
欣赏

突然下雨了

雨点激起

纯粹自然的涟漪

雨里带风

飞来几片树叶

落在水中漂荡

立刻，水池有了

林间池塘的味道

鱼们鲜活了起来

也许想起了什么

有跳出来的样子

好像听到了

虫叫，蝉唱，蛙鸣

走过一只猫

城市的一角

一只流浪猫

在雨中散步

表情闲适地

穿过街心花园

就像走在自己的庭院

那个神态

很像人啊

这么悠闲

雨弄湿了

它的前脚

它停了一下

举起一只
抖了一抖
就像甩了甩踩水的鞋
那个动作
很像人啊
这么敏感

雨下密了
天色将晚
家在哪里呢
它抬起头
若有所思地望了一下天
就像一个思归的游子
那个表情
很像人啊
这么孤单

眺望远山

用沉默千年的力量
挥舞斧钺
砍断所有轻薄的猜想
风驰电掣地奔向远古
站在悬崖的边缘
遥望绵长的河流
穿越浓密的森林
雷电经久不息
响彻脆弱的耳鼓

眺望生命的源头
群山安息在脚下
云间高挂冷月
传出苍厉的猿啸
先祖在曙光中睁开懵懂的眼睛
从这棵树到那棵树
迟疑地，走下漫长的山坡
试了试脚
终于站直了
环顾四野

那是多么广阔的平原
那是多么崎岖的世界
从此知道,生活
需要手
需要挺拔的脊背
需要有火的家园
还需要,不停地
投入战斗

人类,由此挣脱沉睡
也开始了深重的苦难
不知过了多久
文明之灯在晦暗中
艰难地亮了
穿越茫茫岁月
照见来途与去路
让我们充满沉重的感佩

河流对岸是远山
满坡开遍血红的枫叶
望过去,每一片
都是生与死的眼泪

岩松

因为要望得远
越过山峰的脊背
穿透所有的忧郁和荒芜
到达心灵的天边
所以你决定
站在这里

因为要看得高
高过云雾的遮挡
融入太阳的炽热和光芒
照亮灵魂的苍穹
所以你决定
站在这里

站在巨岩之上
站在雷霆之中
站在,所有生命
惊叹的目光里
伸出苍凉的手臂
抓住
属于自己的风景

我愿意是那只风铃

有时候夜行
突然看见前面一束灯光
猛地刺穿有雨的午夜
照到一只淋湿的风铃
仅一闪,就让眼睛亮了

赶路人雨泪纵横
迎着这簇孤独的闪亮
让一颗摸索的灵魂
驱赶掉黑夜的迷失
走回心中的黎明

我愿意就是那只风铃
被浓重的风雨穿透
却永不疲倦地
挂在夜路上
为那一点点幸运的光明
歌唱

下雪了

昨晚下雪了
雪影无声
我一点都不知道
沉眠在寒夜的深处
做了一个回到北方的梦

这一生走得太远
早晨收拾疲惫
准备再次出发
推门看见美丽的雪景
不禁停了一下
我想先画一幅画
或者,题一首诗

我真诚地感恩北方
我在那里成年
学会生活基本的道理
没有北方的重新锻造
我不会是后来这个样子
但我画不出自己
这张面孔始终没有定型

无论是重逢还是离别
我都会在路上想念北方
人生既是一次次告别
也是一次次迎接
在我还没有很老的时候
也许哪天有个人走进来
跟我一起,回到久别的北方

听箫

走过这坡道
山空鸟飞尽
蓦然，有箫声
穿行在暮色里

山，冷月升起
风，藏在树后

山路空寂绵长
被箫声清扫
尘履无痕
云下
挂满了聆听之耳

寒烟袅袅
吹箫何人

古城

像昨日的花
枯萎在风中
被荒凉吹远
只剩时间
还站在这里
凝视着残垣断壁
任凭记忆
在风沙中磨砺

最后离去的那个人
最后一次关上了城门
从此再也没有打开过
路从此断了
烟就此散了
再没有西域的马队
叮当而来
没有了呼啸的箭弩
不见了雪霜落在刀剑上
那道白的冰凉

只剩下几片碎瓷
几支残简
几道难以解读的刻痕
在黄沙的覆盖中
偶尔露出幽光

只有一根倾斜的旗杆
像一条搁浅的船桅

固执地宣示着
这里曾经是一座城
住过一位彪悍的国王

尘土早已掩埋了一切
历史却还没有被遗忘
几个大胆的旅行者
跋涉而来凭吊
用长焦相机寻找它的影子
感叹故事中的兴亡

镜头里的古城
像昨日的花
枯萎在风中

参观帝陵

皇帝极尽奢华
但他还是死了
皇帝死的时候带走了那么多东西
有的是他要带走的
有的是别人让带的
有的是规定要带的
挤挤攘攘地挨在他身边
一起守候漫长的黑暗，等待
要么转世时带回来
要么不回来了
在极乐的地方继续富有

过了一千年，有一天
盗墓贼用一把肮脏的锄头
打开了一个洞
发现东西还在
而皇帝，没了

黎明

黎明是一本诗集
把折叠的阳光
一页页打开
让沉睡的大地
起来晨咏

鸟儿听到了
快乐飞出林子
尽情加入合唱
天空响起赞美的歌声

花儿听到了
吐出深藏的蕊香
用全部的绽放
述说美丽的心言

草儿听到了
扬起青翠的脸庞
将一滴昨夜的欢喜泪
映照出晨曦的光辉

河流听到了
山峦听到了
城市听到了
乡村听到了
纷纷在自己的窗口
吟唱新生的太阳

答路人

是的，沿着这条路往前
那是一个美丽的地方
请把脚步放轻

春天已经来临
不过不要去采路边的鲜花
此时太阳正睁大着眼睛

然后穿过一片树林
但是不要去摘头顶的果子
品尝甜蜜要等到秋天的邀请

再走过一道山坡
小心不要惊动休憩的蝴蝶
那是属于草地的宁静

还要渡过一条小河
千万不要随意扔石头
打破水流清澈的梦境

是的，一个赶路人
只需要风景
装满你的心情

我要去

前面就是那片深湖
用沉默的凝望
袒露幽深的蔚蓝
湖对面是浓密的树林
无法猜到它的尽头
藏在遥远处的神秘
也许永远不能猜想
现在我要划起木桨
荡过淼淼湖水
走进莽莽森林
不管有没有路
不管会遇到什么
也许是风暴
也许是怪兽
也许是突然冒出的城堡
猛地把你扑倒
我只知道,我要去
一个人
闯进未知的命运

布达拉宫

离海洋最远
离太阳最近
敞开膜拜者的虔诚
从一扇扇窗,随阳光
潮水般涌入

离尘嚣最远
离心灵最近
纷至沓来的仰慕之履
从一道道门,随人流
无羁地贯通

天堂与地狱
光明与黑暗
幸福与苦难
是一种期盼
也是一种选择
让每个到访者放慢了脚步

这就是布达拉宫
既是永恒的历史
也是不朽的敬仰
既是悠远的神秘
也是蓝天下默默的凝望

1

八廊街

在高庙墙帷的一侧
在贵族府邸的临街
经筒转动，桑烟飘扬
转经道依然绕佛殿旋转
大昭寺的香火飘进店堂
我小心翼翼地走进去
走进这最早信徒踏过的甬廊
这里是圣城繁闹的中心，现在
聚集四川人，浙江人，东北人
还有欧洲人，美洲人，非洲人
向四个方向伸展眼花缭乱的商业
街上流行不标准的外语和普通话
与寺庙的空气混杂在一起
散发着将信将疑的机会
也许买卖并不信佛
小贩们用耳语低声讨价
游僧在太阳下席地诵经
伸手向外地人收香火钱
流浪狗熟练地跑过街道
穿梭在各种气味和吆喝之间
一个年轻人突然挨近我
唐卡要吗，我羞赧地说：不
虫草要吗，我果断地说：不
藏刀要吗，我气壮地说：不
但他一直跟着我，不依不饶
对不起，我不想做这里的商客
于是慌慌忙忙逃出八廊街

拉萨河

从唐古拉山深处流来
向雅鲁藏布江涛奔去

在高高的白云上俯瞰
向广袤山川日夜奔腾

带着松赞干布的祈愿
流淌冰峰雪莲的梦想

傍依川藏公路纪念碑
见证奴隶变成了主人

用慈爱之情护佑日月
成为一座新城的母亲

纳木错

天
是湖的倒影
用纯净
倾泻
千年的爱恋

湖
是天的镜子
用明亮
映照
无边的圣洁

来到稻城

飞机降落了

但人们还在云端

这是世界最高的机场

群山踞守在苍穹下

已经等候了亿万年

今天迎接来自北京的客人

道路蜿蜒起舞

雪水欢腾跳跃

遍地洋溢欢迎的喜悦

白云弯腰到脚下，说

这里是圣洁的故乡

草场伸展绿色的柔情

用盛情迎接远方

白塔，牦牛，藏屋，格桑花

原生在观世音山的护佑下

北京人轻轻地走过山间

捧起一簇盛开的鲜花

举在高原的阳光下，哦

吉祥竟如此芬芳

亚丁即景

极尽弯曲

盘旋而上

从白云生处

走近遥远的美丽

三座端庄的神山

静默的仙乃日、夏诺多吉、央迈勇

坐拥慈悲、力量、智慧

默念千年梵音

将亘古的善念

从贡嘎银河播撒凡界

但一路走过

人间的忧喜

还是愁白了眉须

海螺沟

唐东杰布法王来过了
这不是传说，是真的
他修桥，建塔，制药，编戏
还在这里吹响了螺号
让众生听到了佛音，从此
那块山岩就叫海螺灵石
这条留有足迹的深沟
就叫作了海螺沟
我们希望大师永生
就像被他发现的冰峰永世不朽
但他只活到125岁
人们蜂拥而来

走近冰川

我悄悄地走近

不想惊动寂静的神奇

1600年太短暂了

我愿冰川更深地沉睡

雪还没有下够

冰瀑要明年再来

雨雾弥漫

我冷得颤抖

心里却为将来担忧

冰川舌离城市太近了

雪线正在恐怖地后退

裸露的石砾已经弄脏了冰面

我站在震惊里

遥望冰川

祈愿天地无恙

四姑娘山

这个传说很迷人
四女替父报仇
恶魔终于被打败
洪水也被挡住了
村庄重新绿荫如盖
故事如风,一切都过去了
惊奇的是美丽的姐妹
最终变成了四座神山
在这里站了亿万年
越站越高,白发如飘
成为惊世的仙景

木雕

原本全不是这个样子
也不想变成这个样子
那就算这个样子了吧
疼痛的不是那把刻刀
而是许多纷乱的目光
以及相去甚远的解读

大漠

天气
用脾气
渴死了一条河
又一条河
只剩下
太阳和月亮

最后
是日月
在空旷中哭泣
但流不出
一滴眼泪

杭州夜景

太阳西移
我站在原地
一个叫杭州的地方
等待今晚的夜景
给我别样的梦境

钱江两岸
华灯璀璨
一座新城
拍击崛起的浪潮
在城市阳台上
奉献日月同辉
夜潮涌来
掀起轰然巨响
用不夜的脚步
震落满天繁星

西湖浅睡
幽灯朦胧
小径深处
隐藏所有凄美故事
孤山人不孤
树影后面
传出爱侣的细语
桥断情不断

一枕鸳鸯蝴蝶梦
泛起湖波多少情思

惊叹如此神奇的夜景
自然与人文交融
历史与现代并肩
将美与幸福
织成中国江南之夜

名山

胜地,5A,遗产
人们蜂拥而至
车流如潮
店铺林立
门票年年攀高

人叠着人往前走
没有退路
所有人都想挤到前面
在几个字,或者
一个洞,或者
一尊佛的面前
拍一张装出来的笑脸
再吃点零食
扔掉垃圾
然后如卸重负,心满意足地
把照片发到朋友圈
让大家点赞

名山在喧闹中累了
半眯着眼
顾自打盹

而我另辟荒径
绕过尘嚣
在云的后面
看到一座寂寞的山峰
它没有名字
却有真实的风景

独坐九月

我像树桩一样坐在树桩上
感觉根须伸进土壤
一个夏天的干燥
已让桩木变得很轻
而我的心很重
心里跳出一个艰难的问题
倒下的绿色
能不能像诗那样重新萌发

生命不会忘记春天
姹紫嫣红的时候
不会珍惜相遇，我也是
挥霍时间，爱情，生命
挥霍信任，以及机遇
那是要用多少虔诚，赎回
不经意欠下的过错

九月的阳光耀眼
时间还有，但不多了
天上的奔云涌向辽阔的未知
这时我只想坐着
像树桩那样不想起身
但天空似有一条结实的绳子
死死地牵着我
一定要带我去一个地方
那是不能挣脱的归宿
不管我知错，不知错

雨，雾，雷，电

一

有时悠扬如琴
点点滴滴沁人心扉
有时荡涤寰宇
铺天盖地横扫一切

不期而至地来了
悄无声息地停了

人生就是走进旷野
没带雨伞
不知风雨
何时会来

二

因为看不清前面的路
所以要向前探个究竟
走过去了
又担心遗忘来时的路
就停下来
往后看看
归途也是谜团

所以走走,停停
边走,边停
雾,引诱我们走进去
但走不快

三

因为压抑而痛苦
因为痛苦而愤怒
终于用爆发的一击
撕碎沉重的黑暗

犹如埋在世界枕边的
一根雷管
裹紧沉默
等待燃爆

春的脚步
夏的召唤

四

像一条耀眼的长鞭
尽情一挥
划开茫茫夜空
那窒息般的等待
像停顿了一个世纪

然后大雨
顺势滂沱

用倾其所有的闪耀
激起雷雨轰鸣
用一刹那的照亮
惊醒困顿的世界

黄昏漫步

黄昏是优美的时刻
喜欢走到变慢的风里
夹在树叶当中
穿过熟悉的街道
随意推开路边的门
去看里面的橱窗,陈设,书籍
慢慢读里面的故事
遇见一些触动和惊喜
这时华灯初上
人们松散而悠闲
与陌生人交臂而过
想起一些往事
一些遥远的心思
一步一步闪过
或者笑一笑
轻轻地扔在路上
随落叶飘进角落
就这么自由地走走
黄昏,是一种安宁

旧船

岁月之潮退去了
暮色停留在岸边
搁浅一只旧船

波浪漫过石砾
淹没所有脚印
只有贝壳默然陪伴

帆像一面老旗垂落
一层层褶皱里
印满了风暴的容颜

有风穿过苍凉的躯体
依然可以听到
一阵阵勇士搏斗的呐喊

纵然告别了风浪
在无边的眷恋中
灵魂永远属于大海

窘境

看不清它的脸
但它像一座黔黑的高山
阻塞了所有前行的道路
放行困顿与纠结

看不清它的手
但它像一棵危岩上的树
伸出一片即将坠落的枯叶
惊心动魄地悬挂着未知的风暴

看不清它的脚
但它像一只施虐的巨靴
踏过草地上流淌的鲜血
踢碎沉重的呻吟

挣脱那个弥漫的影子
大海在乌云下喘息
船帆艰难地露出浪尖
眺望远处的目标

荒墟

从天边到地角
时光无声地爬过
再没有回来
也没有生长什么
荒墟只留下
一些破碎的传说

每一蓬枯草都是凋谢的情节
散落在天地分界线
风沙颤动记忆
月光凄凉时
遥望飘远的光景
苦恋般地相思
刀割似的疼痛

有一天黄昏
一个南方的汉子,策马而来
倚在残墙上
用一把吉他唱了三天三夜
风声呜咽
故事洒落一地

后来传说走得很远
勾起了一些人的叹息

高耸的谷堆旁边秋虫深情吟唱

轻轻的凉风翻动季节的诗页

所有的远行都到了归来的时刻

赤子的心涌动着对家一往情深的爱恋

FEIYIFEI SHIJI

挑夫

博物馆展厅里
一束耀眼的灯光
照着一支扁担
还在静静地等候
那座火热的肩膀

井冈山崎岖的小路
记得那双大脚的足印
曾穿越连天烽火
挥汗如雨地疾行
密林里那支饥馑的队伍
艰难地昂起头颅
跟随一个伟岸的身影
冲向牺牲与胜利的前方

总司令其实就是
一个壮实的挑夫
这头是百姓
那头是解放
扁担的两端
悠悠地担当着
一个民族的存亡

篝火营地

曾经有一队筑路的士兵
在一个风雪之夜
来到过这里
点了一堆热烈的篝火
唱了一晚上的歌
歌声和他们一样年轻
从此这个被人遗忘的地方
有了一个浪漫的地名
叫作篝火营地

士兵们就在那个冬天
走进了荒蛮的深山
消失在茫茫雪线
许多一生都没见过汽车的人
听到山里响起了阵阵轰隆之声

春天回来时他们也回来了
又围坐在这里
篝火重新点燃

唱起同样的歌
但火光和歌声都有点忧郁
他们中的几个人
永远地留在了冰雪里
在石碑上守护一条新的路

以后每年这个时候
都有女人捧着鲜花
领着孩子
从篝火营地走进山里

这时路边山花烂漫
经过这里的人们
都会惊喜地停下来
跑过去采几枝,闻一闻
有人记住了花的名字
有人问过就遗忘了

力量

大集在城墙下懒散稀疏
天空中飘荡着战争的阴云
死亡的影子随处可见
一个走狗叼着一根烟
慢吞吞地刷了一条标语——
有粮不卖给八路军
一行白字在寒风中张牙舞爪

后来夜幕降临
第二天早晨
当人们再一次来到这里
发现中间被人轻轻一点
仅仅一个逗号
变成了一声号角——
有粮不卖,给八路军
整个集市顿时兴奋起来
所有人都充满了力量

我断定昨晚
有一个诗人
路过了这里

老兵与鲜花

昨晚的战斗没有打赢
部队撤下来了
脚步沉重而踉跄
互相搀扶着跌倒
他们又少了几个兄弟

最后那个老兵衣服破了
脸上多了几道伤痕
疲惫和伤痛一起袭来
年纪小的哭了起来
胜利比想象要更加艰难

太阳已经升起
他们还有很多路要走
这时那个老兵跑到了前面
弯腰掐了一朵早晨刚开的野花
插在他已经打完子弹的枪口
那朵花就在他的肩头
像旗帜般高高地闪亮
让所有的人都抬起了头
刹那间
队伍走得快了起来

遗物

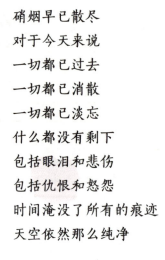

硝烟早已散尽
对于今天来说
一切都已过去
一切都已消散
一切都已淡忘
什么都没有剩下
包括眼泪和悲伤
包括仇恨和怒怨
时间淹没了所有的痕迹
天空依然那么纯净

唯一没有忘记的
是母亲的儿子没有回来
是孩子的父亲没有回来
是我们的兄弟没有回来

许多年后的一个傍晚
人们在炮弹翻过的泥土里
找到了一只不知谁的背包
没有番号
没有姓名
没有照片
弹片已将它击碎
四周却红花点点
地上又莺飞草长

依稀可以辨认的
是一把曾经锋利的须刀
许多人默立着注视——啊
有个人说,是一个男子汉
另一个人说,走时很英俊

疼痛园

先是皇帝掠夺天下
理所当然，因为自古以来
普天王土，都是天子的
祖传

于是有了圆明园的惊艳
聚集了煌煌财富和工艺
以及那么多，搏命工匠的
血汗

后来是列强掠夺中华
不需要理由，明火执仗
就凭叫嚣之下，一支冒烟的
枪管

皇帝在苟活与江山面前
选择了亡命奔逃
听不见身后，一片凄惨的
哭喊

强盗在洗劫后扔掉火把
心满意足地掉头而去
火光冲天，留下烧焦的
荒园

皇帝终于寿终正寝
强盗也不敢再来
但这个疤痕，一直痛到了
今天

延安

终于来到了这里
可以赫然仰望
心目中的圣地
用崇敬已久的泪目
填满景仰的距离

黄土高原的风一阵阵吹来
让我闻到了南泥湾的麦香
让我听到了进行曲的歌声
让我看见了青纱帐似在摇曳
仿佛又一队出击的身影
直插烽火连天的岁月
把颠倒的世界
重新扶起在东方的天际

前面那个垭口
被高粱染红
仍留着当年大河东渡的足迹
枣园里那盏豆灯
已被黎明取代
窗棂上的那个诗人
还在奋笔疾书
催动全国进军的马蹄

奔腾不息的延河水哟
讲述着多少光荣的往事
流淌着多少悲壮的印记
今天啊,请接受一个后来者
由衷感怀的敬意

故园秋歌

仿佛一只大鹰翱翔在云端
大地扶摇飞上澄明的蓝天
心中凝聚的爱此刻尽情释放
秋天,将所有的喜悦挂满我的故园

我的平原,我的田野,我的山川
雄鸡唱醒果实累累的黎明
菊花在亲人的门前绽放欢欣
明亮的日子里桂香悠然飘散

人们在广场升起鲜艳的红旗
欢庆永远告别了苦难和心酸
阳光照耀又一代红领巾的奔跑
每一条街道都流淌幸福的笑脸

你在高高的天空看到了吗,秋天
五彩的田间正挥洒丰收的斑斓
闪亮的桅杆驶向东海辽阔的渔场
母亲已经升起飘漾稻香的炊烟

高耸的谷堆旁边秋虫深情吟唱
轻轻的凉风翻动季节的诗页
所有的远行都到了归来的时刻
赤子的心涌动着对家一往情深的爱恋

我怎能不站在巍峨的山顶放声高唱
我怎能不迎在清朗的风里喜泪满面
人民,只有人民,才如此伟岸
生活,只有生活,才这样灿烂

这是我秋天的故园,我的生命之源
这是我亲爱的祖国,我的慈爱之母
江南,我魂牵梦绕的美丽家园
我的眼泪,我的热血,我的梦愿

枪手

摁下所有跳动的念头
悄无声息地仆倒
像山里的一块石头
埋入深深的草丛
与远处另一双冰冷的眼睛
对峙静止

太阳缓慢爬过天空
一只蚂蚁好奇地在准星上停了一下
突然闻到了死亡的气息
惊恐地奔逃
消失在灌木深处

枪口前有蝴蝶在舞蹈
把阳光晃乱了
目光被刺痛
身体有击穿的感觉
在光影中一沉一浮

石头一动不动
潜伏淹没了一切
没有心跳,呼吸,颜色
山涧在远处流动
目标闪过的一刹那
就一刹那,只一刹那
右手轻微的食指
动了

蝴蝶跳了一下
不见了踪影……

烈士墓旁，有一棵树

大地上有多少棵树
和平啊，就有多少个战士

一棵树，多么安静，竖立着
像一枚空弹壳，没有声音
他是呼啸而去的

不想说再见

——写在空军老战友相聚

一路风景
一路言笑
一路亲密相伴
携手走过青春回忆
回望离家报国的足印
感怀每一段艰难和精彩
就这样值得欣赏
其实我们，一生都在远行

难忘聚首
难忘随行
难忘蓝天白云
只有懂得俯瞰群峰
才能插上钢铁的翅膀
让世界仰望高超的飞行
就这样值得自豪
只是临别，不想说再见

戈壁战士

在漫天沙尘里
高举飘扬的红旗
用一支倔强的钢枪
挺起祖国西部的界墙
天地黑沉
沙石蔽日
我就是朝阳
纵然昏暗
心中依然明亮

风声淹没一切
时间流淌洪荒
用一腔赤子的忠诚
站成守卫安宁的屏障
茫茫旷野
悠悠天际
我就是绿荫
纵然寂寞
信念绝不荒凉

骆驼刺生了又死
芨芨草死了又生
用一生宝贵的青春
换回终身独特的绽放
默默坚守
无怨无悔
我就是战士
纵然艰辛
意志永远顽强

我开始写诗了

有时候看见早晨的花怦然开放
露水湿润了一片片娇嫩的花瓣
阳光用脚尖从这朵跳到那一朵
热烈拥抱新生命尽情吐露芬芳
如果我没有来歌唱蓬勃的青春
如何对得起大自然深情的奉献
于是，我开始在大地上写诗了

有时候在山坡上眺望广袤原野
纯洁的白云从这边追到那一边
雄鹰在蓝天下优雅地展翅飞翔
大海就在悬崖后面涌动着蔚蓝
如果我没有去书写世界的壮阔
那么怎么能够抒发喷薄的情怀
于是，我开始在天空下写诗了

有时候听见母亲轻声呼喊孩子
慈爱让游子的心都回到了童年
所有的思念都仰望呼唤的方向
思乡的眼泪一刹那会洒落襟怀
如果我没有高声吟唱感恩之心
那就无法由衷感怀伟大的母爱
于是，我开始在亲情里写诗了

真的，如果你想表达赤诚心愿
那么没有比写一首诗更好的了

儿子，不怕

令人窒息的隔离病房里
一位白发苍苍的母亲
仅凭一只口罩，找到了
她戴着呼吸机的儿子
那双布满岁月沧桑的手
就再也不想松开

64岁的儿子，昏沉中
感觉到了母爱的温暖
睁开虚弱的眼睛
嗫嚅着，像婴儿
期待妈妈的陪伴

"儿子，要挺住，要坚强！
配合医生，战胜病魔！"
他听到了母亲的叮嘱

"这里太危险了，请您离开。"
有人劝说。
"我90岁了，不怕！"

一位饱经风霜的中国妈妈
大难袭来时
那母爱的力量
我们都听到了

母亲的慈容

除夕夜,军营很静
她想早点回家
陪亲爱的母亲过年

但下班的钟声没有敲响
吹响的是紧急集合号
报名,整装列队
远方,长江之畔
有更多的母亲需要解救

即将踏上征程
有留言、有嘱托吗
队列里一片寂静
片刻后,她轻语——
"我是家里唯一的孩子,
请不要告诉我妈妈。"

飞机在午夜腾空而起
她看到了城市霓虹灯彩里
母亲熟睡的慈容

亲爱的北方

我现在说亲爱的北方完全是出于肺腑之言
我不想听取专家有关词语搭配方面的忠告
我认为对那片神奇的土地冠以亲爱的毫不过分
我还认为谁要在北方待上十多年肯定也会满怀温情
关于北方的故事这些年我已经讲了一个又一个
难忘的岁月从心里滤过必定会留下美丽的沉淀
北方就是这样一个漫长而迷人的话题让人久久动情
可在这个黄昏我做别的事时突然心里升起一种苍茫
许多渐已消失的记忆在我冻坏过的脑子里缓缓闪现
于是我像一个怀旧的老人拿起一支笔想试一试写诗
在孤独和怀恋往事的心境里与那段遥远的日子交谈
谈起在旷寂的天穹下奋力前行那种目光的焦渴与苍凉
谈起在冬天的山冈上看狼摇晃两盏黯淡的灯走进岩穴
谈起在沉寂的树林里伴一支冷枪将一堆篝火守到天亮
谈起在荒原深处不止一次用最后一根烟点燃对家乡的遥想
我想声明在长久的失落失意失群中我始终没落一滴男儿泪

我知道为那次远行我用尽了青春但是仅仅成年而没有成才
我知道我至今当诗人不够聪敏当军人不够勇敢所以不成器
对于平凡我常常在夜里自解自嘲毫无怨言反而坦然微笑
对于北方我却要像一个坦诚图报的男儿跪倒在它的面前
我想说你真是个好地方啊谢谢你给了我许多珍贵的经历
有一天我回到你的怀抱肯定会洒下一行感恩的长泪
我不要你偿还我的遗失但会将你的赠予交给心珍藏
如今阳光下我走到街上总觉得跟一般南方人不一样
想来想去也说不出来哪里不一样但反正就是不一样
事实证明从寂寞中走出后一个男人才可能具有某种深意
情理注定只有失去了许多之后才能得到意想不到的东西
我很高兴当初选择了那种献身般的投入当作生活的开始
我更高兴是这种方式让我体验了一个男子汉应有的梦想
只是我不是诗人我不可能对此做出诗的篇章
我也无意确实无意把北方说成是绚丽的天堂
可是我就是这样深深地眷恋它
一如眷恋那段青春岁月的辉煌

儿子，到北方去

丢开那些游戏玩具爱派多彩笔以及
嗲声嗲气的儿歌谜语童话以及黑猫警长的故事之类吧
你应该长大了，儿子
你该像你父亲当年那样到北方去闯一闯了
是时候了该动身了你应当去获得一次新的诞生
否则你成不了男子汉

你首先要学会像我当年那样挤上各种各样的车
别指望售票小姐会给你一张舒适的卧铺票
你得站着蹲着或者干脆坐在肮脏的车厢地板上
和瞌睡、饥渴、污浊的空气一起度过到目的地的漫长旅程
两天两夜之后铁轨的尽头并不是你的终点你还得继续赶路
你要等一趟隔日开出的满是尘土的旧汽车
等车的时候你要做好把性命交给它的准备
并预备在一个或好几个山坳里帮司机修车
然后抽他递给你的劲头十足的北方卷烟
对，就用你满是油污的手加口水现卷现抽
别呛出来，你要是一呛你的幼稚就露馅了
这一路的司机都是你父亲当年最好的朋友
你们握个手拍拍肩喝口小烧交个朋友吧
别为你朋友山路上狂野的车技大惊小怪
你要做到在这一路的绝境和奇迹面前沉住气
以后你碰到什么就坐什么手扶马车雪橇或者干脆步行

你还得打听一下你要去的地方那位置不太好找
人家帮了你忙千万别付钱你一掏钱那准招白眼
下了车便是茫茫的雪野它一下子就让你灵魂震撼
你推开我住过的空屋可以一眼看到墙上挂着一支老枪
那是我许多年前就给你留下了

我说的是你必须在冬天到北方去
只有冬天去北方那才算去过北方
你一定要到风硬如鞭的山岩上去重新认识世界
然后在冰封的天地里赤手空拳为生存干一仗
你要学会白天下雪的时候甩开膀子干活
如果在零下三十度的夜里冻醒那是因为你累得不够狠
还要用比牙还硬的咸菜和干饼磨练你的胃
并在不洗澡的条件下愉快地度过整个冬季
你要是赖在房子里等着别人给你送饭那就太没出息了
你得擦亮长枪背起干粮扎一条皮袄走进一个季节的风沙
你踏着白雪走进山岭三天没遇到人那是很正常的事
别惦记着在那里会找到人参钻石或者黄金
假如为那点事到北方去折腾那简直太冤了
还不如留在家里穿西装戴手表坐小汽车当老板
你要找的是一个男人的来历及构成这种来历的折磨和痛苦
别性急你得一点一点去找那当然不是一时半刻能办到的事
如果有一天一头饥熊或饿狼向你扑来而你能沉着扣响扳机
如果你舍出全部家当甚至豁出性命解救了朋友的一次危难
如果你喝干一瓶白酒仍能站起来揍倒向你包抄的三名敌手
如果你用勇敢和智慧而不是花言巧语赢得一位姑娘的芳心
那你就像个样子就算成人就可以回来了
如若不然,你听清楚了
你不是我的儿子

寂寞

在做了许许多多关于远行和探险的梦之后
有一天你消失在一个神秘之夜真的出发了
准确地说你参军出发那年还不满二十岁
还没有学会抽烟没有谈过恋爱没有长胡子
白白净净瘦瘦长长骨头很多雄心也很多
到了北方一讲话别人就知道你是南方人
为神圣使命你天天在营房里操练哑铃和枪法
可是那年头当兵好像已经不那么吃香了
走在流行时装的街上士兵服明显黯淡无光
但是你还是坚定地奔向军营接过了钢枪
地震那天流了很多血救了许多人
说实在的你就那次见了死人和血
你为没有遇到一个敌人而感到无比惆怅
其实你的枪法无与伦比沿途的麻雀都知道
你的勇气和精力都流泄在等待的岁月里了

战斗与功勋成了你遥遥无期的梦想
后来你翻过长城古老的烽火台继续向北
走过滦河水系一座座被洪水遗忘的漫水桥
有人看见你的背影好孤独好沉重好倾斜
走进风沙搅动的天地线像一匹逆风的岩羊
任凭沙暴狂虐只要岩石不动你也就不动
就这样你一直在北方神情严肃地走来走去
直到有一天你在广义燕山一条叫瀑的河边
在一株被雷劈掉一半的老树下流下了眼泪
面对岁月和道路你跟帽子说了许多许多话
你觉得麦穗齿轮世纪星懂得你的寂寞你的心音
你发现胸前兜满风云而背后是晴空就是你的存在
就这样一个三十岁的男子汉成熟了
就这样一个没有勋章的军人找到了自己
现在你讲起关于北方的故事显得很平静很坦然
而你已获高名的朋友却一阵阵为你动情吁短叹
出门不容易啊当兵不容易啊干革命不容易啊
你依然很平静说生活本来就对每个人不一样
不一样就是有人注定要远行有人可以留在家里
其实这就是生活的真相

秋语

一

繁花落尽，风卷地
又一年快结束了
现在是十月的下午
天空晴朗
逆流而上的鱼
游回水底，吐气
我有点疲惫
乘天还不凉
多坐一会儿
听过去的风回来
吹进我的耳朵
讲述曾经的故事

二

秋天的开始
踏过夏日的脊背
悄然溜进树林、草地
最后淹没城市的楼顶
那个日子已经远去了
我走的时候
没有向你告别
怕你沉默不语
让我找不到离别的理由

但我总要去寻找些什么
向北出发
去那边苍茫的风景线
打硬我这副南方的身骨
让血,在劲风中
像海一样汹涌
有淬火的感觉
获得一次脱胎换骨的重生
就像一个蜕变的梦
叫生命在颠簸的远行中
再一次塑造

三

秋天的深处
快速走过漫水桥
风雨呼啸山冈
雷劈断老树
砸碎青翠的叶子
牛羊走进矮棚
狼向山顶奔去
冷雨淋透村庄的泥墙
茅草在萧瑟中,又瘦又黄
我独自在黄昏下奔走
不知道下一个宿营地
只看到夕阳镶嵌在云层里

吹送最后季节的哨响

树叶落进泥土
生命没有终点
只有对秋季的崇拜,默守
下一次孕育的坚强
揣着一颗执着前行的心
向往某种来之不易的深意
对,那就是我
走在风吹尘土的路上

四

秋天的结尾
我走到一条河边
桥在远方
河水消退
我在岸边的石头上坐下
看见水向天上流去
隐没明天前行的方向
渡口无人
船已开走
总是错过属于自己的时间
但坚信下一个路口就是希望
只是不知这一生还要等多久
才能找到心中的光亮
这时,想你在我身旁

有点冷了,再近一点
述说一路充实的孤独
再往远望,目光与心情
都被山色一起染成金黄
西风乍起
四野沉寂
深秋,已到了归去的时光

风已经有点凉意
让故事重新开始
你能听出是我吗

挽起你的手

很想，每天早晨
挽起你的手，走出门外
慢慢地走走
太阳正在升起
青草爬满了山坡
池塘依偎芦苇，水波荡漾
我们轻声说话
话语变成了清风
吹进了我们心里
露珠还在树梢上
像昨夜的泪
挂着我晶莹的心愿
这时，你像初生的朝阳
给我青春
给我阳光
给我耳边的轻语——
很想，挽起你手
走出门外
一直到老

妻子

妻子喜欢听我读诗
静悄悄地听着
手里继续做她的事
她的事多
我的诗多
动手或者动口
这是一种很好的配合

读完一首
我问她今天这首诗好吗
她每次都说
好

但是妻不喜欢我写诗
写诗要熬夜
写诗要抽烟
写诗会减少运动
写诗还会神经兮兮
这都是个别人的毛病
其实跟诗没有关系

写完一首
她问我明天就不写了吧
我每次都说
好

幸福

不停地奔波
走很远的路
焦虑和劳累一直坠着行囊
让我费尽心力
而奔忙的那些事
却遥遥无期
也许这就是我的命

好在不管结果如何
我都可以回去
回到自己的家里
那个不大的地方
住着爱我的人

一路上看到许多面孔
同样行色匆匆
他们目光愁苦
总有那么一些人
今天无家可归
这样说来
我是多么遭人羡慕

这让我心存感激
感谢命运眷顾我
要知道多少人奔波一生
就为了回家
这个幸福的时刻

妻子种下了秧苗

在暖意荡漾的春风里
妻笑盈盈地走回家来
手里提着一袋新绿
是刚从邻家讨来的秧苗
她说那家婆婆真好
教我怎样栽种春天

在淅淅沥沥的雨幕里
妻小心翼翼地种下心愿
院子顿时有了田园的味道
她扬起淋湿的脸
兴奋地说，你知道吗
黄瓜的花是黄色的
葫芦的花是白色的
豆荚的花是紫色的

我在一旁插不上手
也想象不出那么多花
但我看见，妻种下了
可以盼望的生活

第一个故事

女儿挂着泪睡着了
手里还握着一千零一个故事
我重新给她讲了一遍
讲到最后一个
夜已经深了

第一个晚上是怎么开始的
当生命只剩最后一夜时
要用多少勇敢
真理才能战胜荒诞
智慧才会化为神奇
天使之鸟轻轻滑过屋顶
在天还没亮的悬念中
壁炉里的火始终没有熄灭

国王在黎明前睡去
他将在梦乡里忘记怨恨和残忍

等待下一个夜晚的到来
美丽的姑娘站起了身
轻轻推开宫殿的大门
向宽阔的自由走去
行刑手放下了屠刀
向她致以古老的军礼

城堡矗立在山岩之上
故事里的人排好了队伍
一个接一个地开始行军
他们将在下一个路口分岔
像一支远征的军队
抚平所有顽石之心
让整个世界都来倾听
这个早晨分外宁静

这时女儿睡意正酣
我看着她带泪的笑容
猜想她一定在梦中
开始讲第一个故事
黑夜正在慢慢退去……

等你

我已不能像年轻时
待黄昏的彩霞升起
独坐在湖畔的长椅
等你

我也无法重新回到
那蜂飞蝶舞的年代
心里想好没说的话
等你

但是我依然在等你
为你笑着来到身旁
我愿意山高水长地
等你

因为等你而有梦想
因为梦想而有远方
所以我会用这一生
等你

春天

无需给我太多
否则我无法还你
只需一个温暖的眼神
便可让我如沐春风

如果有一天你来了
就为送一个微笑
那从此以后
我就活在了春天

我猜错了

有一次我迟到得确实太久
以为你从此不会再来赴约
但是后来
我猜错了

有一次我撒一个轻率的慌
以为你从此不会再相信我
但是后来
我猜错了

有一次我弄丢了你的创作
以为你不会再送我第一稿
但是后来
我猜错了

有一次你说要去边境排爆
以为你回来不再与我分开
但是后来
我猜错了

我总是庆幸每次都猜错了
但是最后这一次啊
竟让我错得这么疼痛

重复的故事

男孩等女孩

很久

女孩不知为什么

没有来

又过了很久

天下雨了

男孩还在等

这是一个伤心而执着的男孩

淋在雨里

发了一条短信——

知道吗,天一直在哭

路口

早晨，又走过这个路口
站了一会儿
想起一桩相遇
那个心动的故事
依然在这里飘荡
而曾经的人
已经走远了

遇见只有一次
隐约的感觉
沉入心底
留下的却是怀念
总有难舍的回忆
因为离去
反而想起

你在哪里

点燃蜡烛
萨克斯管响起
雨挂在窗上
淋湿淅淅沥沥的心情
模糊，所有往事

咖啡浓香
但有点苦
那个柔软的座位
依然空着

你在哪里，现在
旧曲再次飘荡
《你知道我在等你吗》
弥散在这个
细雨蒙蒙的夜里

小站

人,三三两两;
风,喊喊喳喳;
灯,飘飘摇摇。
这是北方,
一个偏僻的小站。

一个女孩,
站在夜色里,
望着很远的铁轨。
一束花,
依偎在胸前。

列车慢慢进站,
今晚就这趟车,
静静地停了一会儿。
上车的人消失了,
下车的人也消失了。
尾灯隐没在黑夜里

她还站着,
忧伤挂在脸上。
她在等谁呢,
花睡着了,
那人怎么没来?

没说出的话

那年没有说出的话
已深深地埋进心底
像风中受伤的秋蝶
随风藏入草丛
再不为人知晓

但是那句话被心咀嚼
成了一生咬紧的痛
有些话说完就忘了
有的话没说出口
但一直都在心里演练
一直在诗里预习——
我爱你
我爱你
我爱你

想念

叶子皱紧了眉头
听风声一阵紧一阵地赶来
后面跟着催落的声音

最后一只孤蝶合拢双翼
停在黯淡的湖面上
陪伴残荷最后一声叹息

火车向远方飞驰
雁字缓缓从北方飞来
天空写满了空旷的表情

这时你在哪里
披上那条蓝色的头巾了吗
谁在擦拭你流泪的眼睛

总在变凉的风里拉长想念
因为没有你的消息
我把衣服又扣了扣紧

爱

其实爱
是自己的事
跟他人无关
也包括你

所以你
永远不知道
因为你不在
我会哭泣

不想你老

不想你老
无论走多远
都在你的身边
每天迎接青春的笑脸

不想你老
一直就这样
抚摸你的长发
始终青藤般柔软

不想你老
还在老地方
到了那个时间
看你轻盈地走来

不想你老
还会一时生气
一时吃得太饱
然后快乐地哼哼唧唧

晚安

世界太大
我走不动了
只想和你坐一下
从此不再分开

山水太远
我要回来了
回到离开的地方
拥抱你的温暖

岁月太长
我等得累了
盼望在同一盏灯下
对你说声晚安

如果

如果用最美丽的画景
来描绘世界
那就是你的笑脸

如果用最悦耳的音乐
来形容美妙
那就是你的声音

如果用最短少的话语
来表达爱情
那就是你的名字

最远的地方

一只冬天的鹰
像天空里的风筝
被大地牵着
在明亮的空气里盘旋
整整一天，一年

很多时候我们无言
在深切的瞭望中
亲近沉默的草原
傍依马鞍伫立风中
蹄声远去
感觉已经接近
某种遥远的怀念

这时鹰在寻找
耐心而急切地飞翔
去往哪里呢
何时到达呢
那个爱的归宿
是一生最远的地方

断桥的传说

西湖倾听了千百年
依然委婉倾诉
一个祥和的冬日
夕阳本不想偏袒
悠然漫过葛岭
跳过保俶塔
不经意地,让雪景
站成了阴阳
从此,白居易的桥
断了

我不太愿意相信这是真的
在抑抑扬扬的吟唱中
白娘子在这边,许仙
在那边
祝英台在这边,梁山伯在那边
苏小小在这边,阮公子在那边
后来,我走过这里
不知道该站在哪边
……
故事凄婉绵长
终于,相思成湖

弄假成真

你坐在我对面
讲你的话
我一直在
假装喝酒

我坐在你对面
喝我的酒
你一直在
对我讲话

你不喜欢喝酒
我不善于讲话
结果喝酒的话多了
不喝酒的却醉了

我吐了真情
你红了脸庞
有时想装假
却弄假成真

做梦的鸢尾花

一

春天到来的时候
你把一个紫色的梦
埋进土里
种下一棵鸢尾花
然后双手合十
祈祷月色降临
生长出爱的心愿
听它在夜梦里
唱一首自己的歌
淹没时起时伏的心情

二

明天是漫长的
足够装下一生的梦
编织自己的世界

来到大森林

蔚蓝的湖泊
漂着一艘小船
精灵们都到齐了
等待出发的撑竿
轻轻一点
水波荡漾
彩霞燃烧白云
照亮缤纷的理想树
树上挂满了迷人的童话

其中一个是你的爱情
你要摘下它吗
你要打开它吗
那是一生最神秘的礼物
藏着一个属于你的故事
开始与梦同行

三

梦境幽深
山峦黯淡
青春躲在朦胧里
不知不觉地生长
青翠地闪光
脆弱地疲惫

要走到哪里
才能到达那个相遇的路口
不要早走
也不要迟到
祈祷命运就在前面
一边唱歌
一边招手

四

梦是一根轻盈的飘带
自由地缠绕
无羁地游走

激烈地穿越
不经意地
停息

这时,你来了吗
你会找到我吗

五

森林里充满了烂漫的空气
没开放的鸢尾花闭上眼睛
走向自己的小屋
在温馨的巷子里
孤单的身影忽长忽短
在暖色的灯光下
跳动的心思越聚越多
目光流露渴望
期盼长出了新的嫩芽
一颗心已被梦想浸透
繁星在夜空闪烁
哪一颗是你呢
亲爱的,我在等你降落
等你一起坐在晨光里
迎接新的黎明到来
从此任凭时间,在身后
肆意地跑过
我愿意和你停留在
无论多长的岁月里

六

从此我们手牵着手
让热泪如飞
大声呼唤
小心拥抱
伏在肩头
听心剧烈颤抖

倾听山峰巨响
海浪冲上堤岸
波涛击碎岩崖
真想用心里涌起的狂澜
极尽所有的任性与狂悖
把另一个人吞没一百次
然后，再一百次

一边请求原谅和容忍
用眼泪说——
我就要这样爱你

然后，插一枝鲜花
捧在胸前
奉献一颗无悔的心

七

看见湖中的白天鹅了吗
纯洁，安详，形影不离

勇敢,坚贞,生死相依
颈项缠绕,翩翩起舞
他们一生都不会分开
一生幸福在同一个世界里
这是多美的爱情诗篇啊
真想为它们大声歌唱

八

请把你的手伸给我
让我靠在你的胸前
听见你的呼吸
感受你的心跳
相信深爱的生命
属于彼此的照耀

九

那么,我的爱人
准备出发吧
踏着一行行诗句般的台阶
节节向上
攀援在相互的额头

不要松开我
走进阳光和风雨
走进默默的对视
走进争论与和解

走进真实的眼泪和欢笑
我愿意用一生的付出
赢回永久的相爱
永久的陪伴

十

雷声滚过天空
山林翻身而起
这时，鸢尾花醒了
带着早晨的露水
带着梦乡的甜蜜
带着期盼的感伤
走进热烈的夏天
如期绽放

你将梦想成真
我的鸢尾花

自己的那些文字

藏到哪里去了，隐隐约约

许多路途上的脚印

被风吹来吹去

FEIYIFEI SHIJI

夜
读

夜读是一种奇妙的时刻
总有一些细小的声音
一点点，一滴滴地
钻进困顿的神经

比如这本书
悟不透言外之意
却能听见著书人，很久前
那声冥思苦想的叹息

远处有一个孩子降生了
在夜色里嘤嘤啼哭
就在今晚，肯定
又一片树叶落到了地上

自己的那些文字
藏到哪里去了，隐隐约约
许多路途上的脚印
被风吹来吹去

比如故事里有一个村庄
似曾相识，走进书房
伏在红烛跳动的案头
读着读着，睡熟了

雪地童话

冬天里有许多故事
这天早晨，雪地上
有一只竹扁
系着一根绳子
三只鸟在旁边讨论
里面有小米吗

其实它们都知道
冬天的这个难题
关键是那根绳子
谁来试一下呢

孩子却等得不耐烦了
松开了手
后来就忘了

天快黑的时候
竹扁上落了一层雪
讨论没有结果
鸟飞走了
也许明天还会来

孩子在夜里做了一个梦
雪越下越大
三只鸟放了一把小米
拉着一根绳子
让他做出决定……

捡了一块石头

接近冰川
不能再走了
我坐下来
看看这些清冽的石头

也许有一次
雪崩,或者
洪流,千年不遇地
冲到这里
正好是我歇脚的旁边

也许,这些石头
为了等我
才成了石头

可是我力小
只能捡一块小的
当作纪念
纪念我,偶然来过

没有被捡走的石头
一定在夕阳里
望着我的背影
走下山去

等下一个人来
也许
又要千年

高山

高山端坐
低眉不语
我挺拔身体
目光高远
但仍矮许多

仰望高山
不禁扪心自问
既非出身峰峦
为何还时不时
我会自作巍峨

只见山前的花
张大着脸
都在笑我

看见一群羊

一片山坡上，看见一群羊
我停留了下来
坐在它们旁边，感到亲切
它们一点都不像云
白得怎么样，飘过怎么样
也不是草长高了，风吹什么的
那都是别人歌里的浪漫
我看到的是一片沉默
沉默地吃草，站立，等候
互相交换位置，然后继续吃草
并不关心我的到来
偶尔抬头看一眼
我刚要作出表示
它们已低头吃草
它们在这里生长，繁殖，排泄
一生的目的好像就是为了吃草
活得纯粹，心甘情愿
表情既放松，又懵懂
像我坐着的这块石头
既像老人，又像孩子
善良地等待命里的结局
——我不忍说出口
这时突然醒悟到自己的悲哀
因为我也属羊
今年正好本命年

空房

我常常想象
在很远的地方
有一间空房
属于某种时刻

所有物件都习惯
在自己的位置上
舒适地陈旧
一言不发
目送光线慢慢爬过
斑驳的灰墙

也许在夜里
它们交换过地方
轮流约会
互相恋爱
一遍遍诉说衷肠
直到又一次天亮

也许它们仅仅是对望
在无需掩饰的自由中
把静止当作一种欣赏
这时我觉得
正跻身它们之间

沉静地坐着
用不老的时间
沉淀慢下来的思想

在很远的地方
有一间空房
我常常想象
属于一种时刻

文字

我常常在静夜里
跟这些来自远古的文字
坐在一起
面对面相识
手碰手触摸
为它们诉说的来历和含义
动情
流泪

曾经的绳结和龟刻
曾经的竹简和稚童画
在岁月的熔炼中
一步步走到我的面前
变成美丽的象形线条
像一个个倩丽的舞者

跳跃着石器的曙光
青铜的炽热
陶瓷的温暖
先贤的思想和匠人的汗水
汇流成河
流淌出我们悠久的民族

我静静捧起一本书
拂去时间的烟尘
遥望混沌的过去
与走远的祖辈交谈
每到这时
漆黑的文字就向我扑来
爬满了我的身体
流进我的血管
渗透我的灵魂
抓住我说，你
也是其中的一个字
让时间阅读

幸福地活着

夜幕降临了
我回到一张白纸上
听灵魂低语

天空高卧云端
星星静坐如斯
对我视而不见
世界会飞，变小
越来越远
我是剩余的
一颗心，一口热气
一些想说的话
独自沉浸在夜色里
以自己的方式
完美凋谢

我在黑色的白纸上
孤独地
倾诉
幸福地
活着

风

你用巨大的手
温柔地抚摸
我的全身
让我一阵阵动情
或者鞭挞
但你不停留

然后用同样的手
去抚摸别人
鞭挞别人
更多的别人
让我感觉
五味杂陈

古诗

那时这里还不叫中国
也没有纸，没有那么多流派和手法
更没有电脑这种奇怪的东西
但已经有人在写诗了
用萤囊那一点点光
刻在坚硬的龟壳或者竹片上
现在我们偶尔看见，泥土里
那些难读的字
有我们熟悉的爱情，战争，和天气
有至今仍在我们嘴里流动的音韵和格律
沿着辨别不清的口音寻去
来路曲折，依稀难辨
透过层层迷雾，泪眼模糊
终于在那条河的上游
看到了那个和我们一样孤独的人

不浪费时间

离起飞还有一个小时
一个小时够长了
我可以写一首诗
或者走走路,甩着手走
坚持生命在于运动
候机楼的通道比时光还长
我就写《通往天空的走廊》
觉得题目有点诗意

一个小时过去了
诗写好了
路也走完了
还打了两个电话
管了几桩闲事
我很对得起时间
相信光阴不会负我
现在准备登机
旅行嘛,就是一路追赶

这时,广播响了起来——
很抱歉地通知,航班晚点
我重新坐下
知道是什么感觉吗
我说,知道我是什么感觉吗:
时间在浪费我

阳光

这么好的阳光
但是我们没有时间
只能在办公室
或者会议室的间隙
望一下窗外

窗外是另一座高楼
一面巨大的玻璃幕墙
变态地耀眼
而真的阳光
却在反面

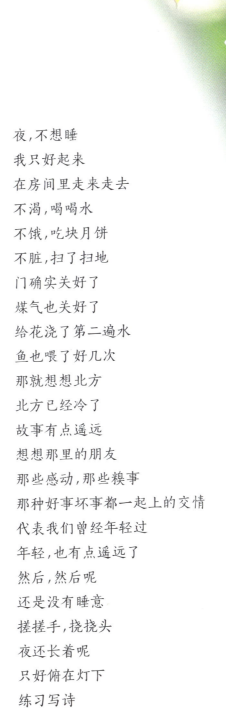

只好写诗

夜,不想睡
我只好起来
在房间里走来走去
不渴,喝喝水
不饿,吃块月饼
不脏,扫了扫地
门确实关好了
煤气也关好了
给花浇了第二遍水
鱼也喂了好几次
那就想想北方
北方已经冷了
故事有点遥远
想想那里的朋友
那些感动,那些糗事
那种好事坏事都一起上的交情
代表我们曾经年轻过
年轻,也有点遥远了
然后,然后呢
还是没有睡意
搓搓手,挠挠头
夜还长着呢
只好俯在灯下
练习写诗

在远方读一首诗

—— 复浙江诗人[M夜里微信诗《祭冬》

喜欢这种
好日子里的忧伤
雨滴与泪点
伴随自制的孤独
想念
对远方的向往

我在北京
在凌厉的风里
突然想到，南方
也到了冬至
最长的夜
捂紧一口热气
诗在远处
让心，一句一句
闪亮

隔离

——收到一本诗集后的留言

这是一个非常时期
对于重灾区病人，我焦急
但无能为力
我能做的，是修养自己
放缓内心的步调
正好读，一个熟人
送来的诗集

笑的是泪
哭的是喜
抒唱中，一路风情
落满衣襟

攥紧颤抖的爱与慈悲
跳动的已不是字
是一颗
灵敏而执着的心

跟诗人喝酒

——记一次与乚兄对饮

正是盛夏

天气热到极致

诗人穿过城市的喧哗，来赴约

正襟危坐，目光高远

视情说话，或不说话

侍者没有商量

大杯平分白酒

这是一种待客的规则

诗人没有赞成

也没有反对

才看见，一个新来的人

开始说诗

诗起，诗人就端了杯子

这时菜还没有做好

有些人喝酒只需要诗

于是诗人开始喝酒

开始说话

开始正襟但不危坐

实践证明酒是诗人的朋友

酣畅之下

吐出来的

全是对诗的热爱

比这个夏天

还热

无题

我要回家去，
走在大街上。
一片黄树叶，
黏在右脚掌。
每走一步，
都有踩疼的声响。
我用另一只脚，
轻轻抵住，
却又黏上左脚掌。
如此不离不弃，
是想跟我回家？
可是我家里，
没有你的床。

对自己说

今晚你要对我说什么
我有足够的耐心
用一杯苦涩的茶
等待你的述说
听到远处的声音了吗
夜风刮过玻璃
里面有诗的声音
只是找不到今晚的开头
让我认识你的由来
你的去向,你的终点
你到底是谁啊
如何辨认那些缭乱的足印
看清你生命的旅程
如何拼装碎片如鳞的心情
让我可以懂你
与你朝夕相伴

我在等你说呢,难道
又是满心羞愧
又是一夜,恐慌不已

背后

开始写诗的时候
充满感情，咬牙，捏拳
用尽全身之力
但写了很多字
仍是一张白纸

这时就看看天空
天上什么都没有
却在远处，不期而至地
藏着太阳，柔软的风
还有寒流，风暴，冰雪和云雨
世界因此有了四季
生命有时翘首期盼
有时冥思苦想，伤心落泪
有时兴高采烈穿上嫁衣，有时
戴上出门的斗笠
奔向浪漫，或者悲壮地远行

万物之所以美丽
是因为自然无声的造化
也许诗，就像天空
藏在声音的背后
是地道的潜伏者
在文字的空白处
幽幽地微笑
让你猜想，她的心

赶路

因为一出生就要赶路
所以天生一双脚
决定了一生必须跋涉
人就是这个奔波的命

从黑暗中来
回到黑暗里去
中间一切都是未知
这条线路，没有寄宿的客栈

有人在中途遇险
丢失了脚
那就爬，一步一步
也要爬到终点

一旦出发就没有回程
也不能停留
并且不知道
目的地还有多远

写了一首诗

傍晚
憋了一天情绪
终于用熬出来的热情
写了一首好诗
顿时兴高采烈
晚上开了一瓶酒
喝得神采飞扬
开始是庆祝
后来是演讲
指点山峦，挥斥河流
嘲讽世风，针砭时弊
思想越来越深刻
见地越来越独到
仿佛李白，斗酒
而诗泉涌

老婆等着洗碗
在一旁侧目——
哎，你好了

悻悻回到书房
再看那首诗，哇
一塌糊涂

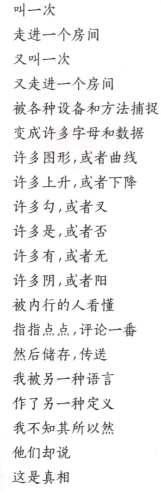

体检

我代表一个号码
叫一次
走进一个房间
又叫一次
又走进一个房间
被各种设备和方法捕捉
变成许多字母和数据
许多图形,或者曲线
许多上升,或者下降
许多勾,或者叉
许多是,或者否
许多有,或者无
许多阴,或者阳
被内行的人看懂
指指点点,评论一番
然后储存,传送
我被另一种语言
作了另一种定义
我不知其所以然
他们却说
这是真相

终于结束了
我走出门外
但找不到自己
我还是我吗

时间变奏曲

一月

忙于措辞和凑数
生产工作报告
炮制会计报表
打理上年剩余的恩恩怨怨
然后抛出
又一套新的说法

心不在焉的是
上年奖金
到底多少

二月

手指越数越短
目光越盼越长
门脸等着灯笼
蒸屉等着年糕
父母等着儿孙
孩子等着鞭炮
生肖等着交班
年龄等着变老

朋友，热切着脸
挤在熟人圈里
红包一闪而过
比谁手快

三月

两个字
惊蛰

三个字
植树节

四个字
春暖花开

都说完了

四月

走进和风
走进细雨
走进天空的清与明

先人
在墙上
或站, 或坐
微笑着
变黄

五月

劳动归人民
希望归青年

祝福归母亲

号召
满天下

六月

红领巾涌上舞台
扮演接班人

有芒的麦子登场
欢唱丰收歌

粽子又到旺销时
听屈原吟诗

都是动人的表演

七月

太阳狂奔
学校关门
海滩上
全是腿
眼睛不够用

八月

在最热的天气里

为当过兵
喝大酒
手舞足蹈

海边有台风赶来
紧急动员
风声里
手忙脚乱

九月

蟋蟀在月下抚琴
桂花被打动了
落在草地上
献一袭幽香

秋老虎躲在云里
脾气不好
农人用秋晒
予以回敬

学生们收起目光
回到课桌前
无暇窗外事

十月

雁鸥在天空变幻阵容
天空无比辽阔

秋风在田野收割颜色
田野五彩斑斓

想出去走走
但老婆不肯
只好回到书房
用笔墨风景
自言自语

十一月

雪夜无眠
开灯问镜
天哪,满头落白

十二月

最冷的时候
最给人信心
因为春天已经不远了

这句暖话
从不失约

补丁

一个晴朗的早晨
平坦的马路上
开来一辆工程车
跳下几个橙色的工人
在地上围了一个圈
像给晨流打上一个结
人们只好绕道
焦急越挤越多

橙色的影子忙碌起来
机器开始咆哮
噪音震动街楼
尘土钻进路边的花店
忙碌的身影们
个个汗流浃背

后来不知在地下
修好了什么
所有路过的人
都松了口气
但是美丽的街道上
留下了一块补丁
那么的刺眼

工程车开走了
带着醒目的橙色
停在
另一个路口

看到亮光

在浓密的黑夜里
满目苍茫地赶路
突然看到一颗星
在远处朝你微笑
你会一直看着它
感觉它在跟着你
那种亲切的凝望
让你忘记了孤独

在晦暗的天空下
神态疲惫地奔走
突然看到一盏灯
在前方向你招手
眼睛立刻被点亮
感觉它在召唤你
那种温暖的闪动
给你增添了力量

庆幸

回想我这一生
跟随命运漂泊
一路俯拾所得
竟有三次幸运

第一次是出生
来到这个世界
后来成了男人
基本没有残缺

第二次是出发
奔向漫天风雪
后来成了战士
基本没有退缩

第三次是出书
抒写一路风景
后来成了咏者
基本没有错话

始终循规蹈矩
仅此而已罢了
但对一个凡人
足可窃窃庆幸

猎豹

像一道灵光
风暴刮过草原
迅猛超越对手
那飞奔，胜似
生死竞技的勇将

像一团火焰
闪电划过山冈
瞬间扑倒猎物
那一跃，犹如
一击致命的快枪

速度与冷血
既是你生命的荣耀
也是你一生的创伤

突然沉默

从解放路到延安路
电车要转一个弯
那天下雨
转弯的时候
"辫子"掉了下来
车停在了路上
一车人开始发话
女的叽叽喳喳
男的慷慨激昂
公交太落后
竟然半路抛锚
司机吃素的
老天不照应
耽误事，谁来赔偿！
大家一个比一个能说
一个比一个理直气壮
司机下车弄了一会
顶着一头雨水
又上车来，说
请大家下来推一下
所有人突然沉默
眼睛望着窗外
好像都不会说话

超市

层层叠叠的包装
像一排排俏丽的新妇
直截了当地盯着我
一个比一个招摇
我不敢多看一眼
生怕泄露狭隘的偏心
更羞涩于瘪瘪的钱囊

价格不知虚实
打过折的美人
你敢要吗
我不想搭讪
假装是不识风情的过客

乱花渐欲迷人眼
要找的对象藏得很深
害我几次误入歧途
终于摸到相会的地方
那曾经的最爱
却已被人扔进塑料筐
不知带去了哪里

黑
色

有一天晚上
我走过一座桥边
一家咖啡馆
有盏灯还亮着
照着一行字——
黑色是最深情的等待

我敲了敲门
门自己开了
我摸索着走进去
没有一个人
只有剩余的咖啡
冷在壶里
还有那行字——
黑色是最深情的等待

我在一张椅子上坐下
对面还有一张椅子
坐着寂静的夜色
等我说明来意
我就说了那行字——
黑色是最深情的等待

某人的一种时刻

一个人在屋里
没来由地
想起一件事
不禁为此伤感

过了一会
又为刚才的伤感
而伤感了一会

终于过去了
舒了口气
只是想不起最早的伤感
是为了哪件事

为此
又开始伤感

兄弟

台风已在路上
有些人很忙
有些人很闲

其中一个想喝酒了
可是谁会来呢
这是一个问题

打完一圈电话
那个顶着风雨赶来的人
就是兄弟

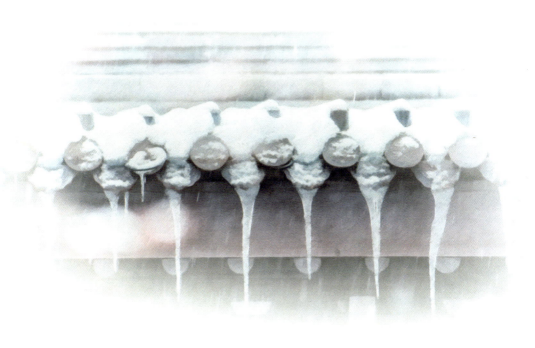

快
乐

喜欢下雪

下很大的雪

这样我们就有一个理由

关上房门

围坐在一起

升起一只火锅

让水冒出热气

外面很冷

而朋友们

热气腾腾

这时世界很温暖

雪越大

心里越快乐

晌午时分

此时太阳的角度
吃掉了身体的影子
在最矮的时刻
放下一上午的忙碌
退缩在短暂的闲暇里
想一些念头
比如下午的时间里
还有许多事
等我去打理
哪些是轻重
哪些是缓急
一件都不能漏
一件比一件急
而眼皮不争气
竟做起昨夜,漏掉的梦
我飘飘地走远
离开嘈杂和繁琐
坐拥一片明亮的空气
看鸟飞过草地
白云放牧蓝天
鲜花染红河水
雨从远处飘来
突然一声雷响
把我惊醒
这时太阳开始西移
身体的影子又长了
露出原来的手和脚
我赶紧站起身来

等谁

我开着灯
守候在夜里
猜想会有人来
敲我的门

好像听到了脚步声
竖起耳朵
那声音又没了
一整夜都这样

我终于不能再等
站起来
从里面敲敲我的门
这时听到了敲门声

原来我是在等自己
其实有很多等待
是让自己
找到自己

大海

走近大海,站在辽阔的海岸线上,让心震动的是海的汹涌,海的浩瀚,那巨大的力量从天边涌起,向海岸扑来,永不停息地翻腾在无垠的天地之间。

我是那么渺小地站在海水跟前,像一粒虔诚的沙子,倾听大海千年的忧郁,在天空下,无尽地宣泄、弥漫。

太阳在生命的吟唱中升起,昨夜的潮汐缓缓退却,孤岛矗立在天水线上,航船穿过迷雾驶向远方,白鸟在风里停留,注视着涌动的海面,一群鱼正在追赶另一群鱼。有多少次出发就有多少次等待,有多少次相逢,就有多少次分别。那么多深情的期待,那么多忧心的思索,那么多哀伤的怨艾,都沉淀在这一层层波涛的脚印里,跨过无边的岁月,被大海带走,被大海接收,被大海包容。大海用博大的胸襟接纳一切,既以慷慨奉献一切,又以撕心裂肺的痛苦埋葬一切,包括自己的欢欣和眼泪,包括爱和恨的情愫和冲动,包括风暴、冰山、荒礁、沉船……

终于明白,真正的博大,就是容纳一切,又创造一切,没有毁灭,就没有新的诞生。

忧郁让大海走进膜拜者的心中,心潮随之波澜起伏。阳光飞翔在海浪之上,鼓动船帆开始远航,虽然不知道彼岸还有多远,但一颗坚定的心越过波涛的怒吼和风浪的颠覆,始终坚守在前行的自信和坚强里,相信明天一定会到达温暖的港湾。

你在这无边的大海里苦苦追寻的,不就是在经历了洗礼之后,在一个新的黎明,找到新的自己,走进新的世界?

整个大海就是我的心,我的灵魂,我萦绕不散的梦境,纵然在漆黑的夜里,也永远有一盏闪亮的灯塔,指引一生的航行。

我们的生命就是这艘无所畏惧的船,在一往无前的路上,交给了深情而值得依附的大海。

与石头对话

总是凝视，你无言的诉说，我一边听，一边生出许多猜想。终于有一天明白，找到你，其实是找到了岁月的忧伤。而你不语。

你属于我，还是我属于你？到底是谁收藏了谁？在漫长无边的光阴里，你经历了那么长久的煎熬，经历了那么多的磨砺和毁灭，最后变成了有话语的样子。时光隧道深不见底，从远古出发，向遥远走去，而我只是一粒微尘，在你的跟前，仅仅陪伴一分钟。这是多么难得的缘分。

你拥有最长的生命历程，也拥有最深的沉默，时间让容颜老去，却让内心玉化，越来越闪烁出内核的光芒。只有经历了万世的苦楚，才能品尝属于自己的甜蜜，沧桑无坚不摧，唯有灵魂历久弥新。

所有的痛苦都有回报，所有的磨难都会结出果实，准备好了还有一万年的痛苦，还有一万年的磨难，这需要更加不朽的坚贞。

那时，你还会记得我吗？还会记得今天的对话吗？

你依然不语。

送别

　　码头就要到了，轮船将准时起航，我们将要分别。可我不想松开你的行囊，其实是不想松开你，我们同时放慢了脚步，让分别来得慢一点。

　　这是一个晴朗的早晨，薄雾弥漫在灯塔上空，船帆插在水波的霞光里，我送你向准备起锚的船舷走去。我望了你一眼，昨晚想好的一些话，突然哽在喉咙里，哪句都不是最恰当的那句，都不是最准确的那个心意。我们说过许多话，关于过去、现在和将来，关于人生、事业和爱情。我们为诗歌争论，为喝酒吵架；为孤独想念，为天真亲密；为重逢而欣喜若狂，为分别而泪流满面。但到了真要长久地离去，语言是多么苍白。

　　生活无限广阔，轮船将在下一个泊口靠岸，人这一生就是不停地起航，到岸，一路致以欢迎，再见。离开现在，才有将来，离开朋友，才有更多的朋友。所以离别，是悲壮的快乐，是忧伤的期待。

　　希望有一处春色和野景迷人的风光在等你。

　　希望有一片水草和鲜花丰美的田园在等你。

　　希望有一座鸡鸣和炊烟环绕的小屋在等你。

　　希望有一个美丽和心灵手巧的姑娘在等你。

　　随波浪漂流吧，我们从此互为远方。有一天，我千山万水去看你时，你来接我。

村口的钟

一棵老树，挂着一口古钟，这是北方村庄的标志，天地间人烟的符号，站在村头许多许多年。

钟声沉寂，那激昂的撞击飘入了云端，消失在风中，藏在了年代的深处。

但是村庄不会忘记，钟声敲响的那些岁月。下地的庄户人听到过，潜伏的武工队听到过，分田地的贫农听到过，回家的游子听到过，它是春天的召唤，它是战斗的召唤，它是白发母亲的召唤。一声声，一记记，敲响的是一个个悲壮的故事，一段段沉重的历史，铭记着村庄血色的由来。

后来有了喇叭，又有了电话、手机，和轻轻一点的群发，钟就慢慢变成了一种古董，一种需要讲解孩子们才听得懂的传说，一种属于乡土的纪念。

树还在长高，钟却垂下了头，用生锈的目光，默默地看着村庄在变高变大，道路在变宽变远，许多陌生人接踵而来。

有人走过去，用不对的姿势，敲了一下，大家发出笑声，拍了几张照片，交了五块钱。现在的村民说，这叫旅游。

春分

春雨一夜随风来,密密的注脚,缝纫大地,亲吻草木,抚平冬天里留下的伤痕,一直到所有的爱,都在一个早晨苏醒。

这时每一棵树都站得袅袅婷婷,伸展娇嫩的手指,召唤快乐的鸟飞来,在萌发的枝头响亮地歌唱,唱得天空满面红光。只有白玉兰含羞不语,悄悄披上洁白的婚纱,与爱侣簇拥着,陶醉在新婚的甜蜜里。还有大红的花、粉色的花、鹅黄的花,以及许许多多不知名的大花、小花、碎花,尽情地开放在田野和山冈,要么热烈奔放,要么低吟自赏。

我走向烂漫的花丛,真想摸摸它们的发辫,握握它们的小手,请它们站起来和我跳个舞。花儿却说:不,美丽只能欣赏,不能占有。

那么留下蝴蝶吧,让轻盈的翅翼在新芽和花瓣上翩翩起舞,欢庆生命迎来又一个蜜月佳节。而蜜蜂已起身离开家乡,到遥远处,用自己枪刺般的疼痛,去追寻花朵越飘越远的芬芳。

季节温柔而又无敌,用时光的行走和切割,分开了死亡与生长,白昼与黑夜,丽日与雨天。而我们,在这一梦幻般的时刻,只需要静静地等待,坐拥一切。

立秋

这是一帷绚烂的大幕,徐徐开启,有一连串的脚步,由远而近,款款登上前台。谁来了呢?也许是风,也许是雨,也许是今年的第一场晨雾,簇拥大地涂抹五彩颜色,装扮亮相。

天空后退一步,星星变得明亮,跃上高高的山冈,睁大晶莹的眼睛,倾听田野的密语和溪流的欢唱。云彩热烈了起来,急匆匆地赶路,好像一早到晚都要事缠身。而云朵里,真实地埋伏着一只姓秋的老虎,心情不好时,频频发泄火暴脾气,拷问我们的汗滴和心情。农人却不吝啬汗水,挥镰收割季节的赠予,然后秋晒,用一场五颜六色的擂台,表达对虎威的回敬。

不急的是晚稻,这位迟到的先生,还在水田里吹着口哨,享受清晨和黄昏凉爽的惬意。玉米和高粱开始练习成熟,低调地垂下须眉,进入沉思时刻。莲藕则悄悄拱开脚下的泥土,生下白白胖胖的儿子,对于无声的泥土来说,这样的裂痕是开心的。

放眼望去,漫山遍野的果实,都已含笑挂上了枝头,诱惑我们爱的拥抱。

整个世界都在期盼中站立,翘首而望,一场丰收的到来。

秋意涌起

　　喜欢这种安静,往家走的时候,一扇窗里有一个人在弹琴,流水淙淙,音符滑进黄昏,在心里跳出好听的声音。总在最后的日子里想起回家,不愿凋谢在荒野,像一只被人遗忘的背包。

　　眼睛里始终有一盏亮着的灯,照着脚步,指引何处废墟,何处绿荫。

　　那个窗口浇花的中年人,看了一眼夕阳,离得还远,也近了不少。余晖正向远山滑落,星星一个一个升起。洗手,插花,把几颗青色的莲子,种在今晚的星光里。

　　天气开始凉爽,一场雨跟在云的后面。一条鱼,游出池塘,坐在路灯下,打开一本书。梦里有雨水,心里有涟漪。

　　翻到下一页,看见山野展示于纸上,鸿雁从远处飞来,放鹤人踏歌而归,捎来一段梅香。月光挥洒洁白,真想跟着写书的人,最好是个瘦女,轻盈地跑进竹林、菜园、苗圃,躲在一朵花的背后,看清朗夜色,品花好月圆。

　　这时,河水退落,秋意涌起。

心中的河流 (代跋)

如果有温暖的家园
那就是河流的港湾
近在村口,门前,树下
每天走过的那座桥
那只归航后靠在岸边的船
飞过的鸟,开放的花,泛青的稻田
伴随平常而难忘的日子
每天一样,又不一样地流过
我们的生命,延续或者消失
淹没每个到来的季节,轮回或者枯荣
河流既奉送了一切
又带走我们的一生

如果有心仪的远方
那就是河流的方向
远在天边,地角,云端
因为梦想而义无反顾
因为奔腾而跌宕,而喘息,而九死一生
我愿意是其中的一粒水滴
跟随河流的脚步
奔向命运的召唤

思想在远行中惊醒,荡涤
灵魂一边苏醒,一边期盼
期待在有风景的路上
相逢那些遥远的心愿

感谢故土的河,他乡的河
喧腾的河,沉静的河,清澈或浑浊的河
无论我走到哪里
总有悲壮而美丽的河流
与我不期而遇
让我停歇和聆听
让我慢慢说出一路的心言
河流给我养育和教诲
教我学习坚忍与执着,平和与宽容
河水从天上流进了我心里

滋养我的魂魄和生命
使我这一生都有涟漪和光澜

有时我坐在河边
倾听河水无尽的诉说
感觉就在母亲的跟前
心里有些话越聚越多
遥望岁月之河远去
不禁从心底发出一声惊叹
不是疼痛,也不是后悔
而是对过去的经历
因为告别而难舍难断
于是我写了《我的河》
这是我的一本诗集
献给我心中不朽的河流

2020 年 4 月　于杭州京杭大运河之畔